W0272651

LE TRAIN DES ENFANTS

Née en 1974, Viola Ardone est diplômée de lettres. Après quelques années dans l'édition, elle enseigne aujourd'hui l'italien et le latin, tout en collaborant avec différentes publications. *Le Train des enfants* est son troisième roman, et le premier traduit en français.

VIOLA ARDONE

Le Train des enfants

ROMAN TRADUIT DE L'ITALIEN PAR LAURA BRIGNON

ALBIN MICHEL

Titre original :

IL TRENO DEI BAMBINI

© Giulio Einaudi editore s.p.a., 2019.
© Éditions Albin Michel, 2021, pour la traduction française.
ISBN : 978-2-253-93510-0 – 1re publication LGF

À Giaime

PREMIÈRE PARTIE

1946

1

Maman devant et moi juste derrière. Dans les ruelles des Quartiers espagnols, où tout le monde parle napolitain, maman marche vite : quand elle fait un pas, j'en fais deux. Je regarde les chaussures des gens. Si elles sont en bon état, je gagne un point ; si elles sont trouées, je perds un point. Pas de chaussures : zéro point. Chaussures neuves : étoile bonus. Moi, des chaussures neuves je n'en ai jamais eu, je porte celles des autres et elles me font toujours mal. Maman dit que je marche de traviole. C'est pas ma faute. C'est à cause des chaussures des autres. Elles ont la forme des pieds qui les ont utilisées avant moi. Elles ont pris leurs habitudes, elles faisaient d'autres trajets, d'autres jeux. Et quand elles m'arrivent, elles ne peuvent pas savoir comment je marche et où je veux aller. Elles doivent s'habituer petit à petit, mais entre-temps mes pieds grandissent, mes chaussures deviennent trop serrées et c'est reparti pour un tour.

Maman devant et moi juste derrière. Je ne sais pas où on va, elle dit que c'est pour mon bien. Ça sent l'arnaque, comme pour l'histoire des poux. C'est pour ton bien, et je me suis retrouvé avec les cheveux coupés rasibus. J'ai eu de la chance qu'à mon copain Tommasino aussi ils les lui ont coupés rasibus pour son bien. Nos copains de la ruelle se fichaient de nous, ils nous disaient qu'on avait l'air de deux têtes de mort sorties du cimetière des Fontanelle. Au départ, Tommasino n'était pas mon copain. Une fois, je l'avais vu faucher une pomme sur l'étal de Tête-Blanche, le primeur qui a sa carriole sur la piazza Mercato, et alors je m'étais dit qu'on ne pouvait pas être copains, parce que ma maman Antonietta m'a expliqué que d'accord on est pauvres, mais pas voleurs. Sinon après on devient des crève-la-faim. Tommasino m'a vu et il a volé une pomme pour moi aussi. Comme cette pomme je ne l'avais pas volée mais je l'avais eue en cadeau, je l'ai mangée, il faut dire que j'avais la faim au ventre. Et on est devenus copains. Copains de pommes.

Maman marche sans jamais regarder par terre. Moi, je traîne les pieds et j'additionne les scores des chaussures, pour faire passer la peur. Je compte jusqu'à dix sur mes doigts et puis je recommence du début. Quand ça fera dix fois dix, il se passera un truc chouette, c'est ça le jeu. Pour le moment, le truc chouette n'est jamais arrivé, peut-être parce que j'ai mal compté les points. J'adore les chiffres. Les lettres, non : toutes seules, je les reconnais, mais quand elles sont mélangées pour faire des mots, je m'embrouille. Maman dit que je ne dois pas devenir comme elle, c'est pour ça qu'elle m'a envoyé à l'école. J'y suis allé, mais ça ne m'a pas plu. Déjà, mes camarades criaient et je rentrais à la maison avec la tête comme ça, et puis la salle était petite et puait les pieds. En plus, je devais rester tout le temps immobile derrière mon pupitre sans dire un mot et faire que dessiner des bâtons. La maîtresse avait le menton pointu et un cheveu sur la langue, mais ceux qui se fichaient d'elle se ramassaient une taloche. Moi, en cinq jours, j'en ai pris dix. Je les ai comptées sur mes doigts comme le score des chaussures, mais je n'ai rien gagné. Et alors je n'ai plus voulu aller à l'école.

Maman n'était pas contente, elle a dit que je devais au moins apprendre un boulot, du coup elle m'a envoyé ramasser les chiffons. Au début, j'étais content : je devais me balader toute la journée pour récupérer les vieux tissus maison par maison ou bien dans les poubelles et les apporter au marché, à Forte-Tête. Mais au bout de quelques jours, j'étais tellement fatigué en rentrant que je regrettais presque les taloches de la maîtresse au menton pointu.

Maman s'arrête devant un immeuble gris et rouge, avec de grandes fenêtres. « C'est là », elle dit. Cette école m'a l'air plus jolie que celle d'avant. Dedans, c'est silencieux et ça ne pue pas les pieds. On monte au deuxième étage et les gens nous font asseoir sur un banc en bois dans un couloir jusqu'à ce qu'on entende une voix déclarer : « Au suivant. » Vu que personne ne bouge, maman comprend que le suivant c'est nous, alors on entre.

Ma maman s'appelle Antonietta Speranza. La demoiselle qui nous attendait marque son nom sur une feuille et dit : « Speranza, espoir, c'est tout ce qui vous reste. » Je me dis : Voilà, maintenant maman va tourner les talons et on va rentrer à la maison. Mais non.

« Vous en donnez des taloches, maîtresse ? » je demande, en me protégeant la tête avec les bras, au cas où. La demoiselle rigole et prend ma joue entre son pouce et son index, mais sans serrer. « Installez-vous », elle dit, et on s'assoit en face d'elle.

La demoiselle ne ressemble pas du tout à l'autre, elle n'a pas un menton pointu mais un joli sourire plein de dents blanches et droites, les cheveux coupés court, et elle porte un pantalon, comme les hommes. Nous, on se tait. Elle dit qu'elle s'appelle Maddalena Criscuolo et peut-être que ma maman se souvient d'elle, parce qu'elle s'est battue pour nous libérer de l'oppression nazie. Maman fait oui oui de la tête, mais ça se voit qu'elle n'a jamais entendu parler de cette Maddalena Criscuolo avant aujourd'hui. Maddalena raconte qu'elle a sauvé le pont du quartier de la Sanità, que les Allemands voulaient faire sauter à la dynamite, et après on lui a donné une médaille de bronze et une attestation. Moi, je me dis que ça aurait été mieux qu'on lui donne des chaussures neuves parce qu'elle en a une en bon état et une trouée (zéro point). Elle dit qu'on a bien fait de venir la voir, que beaucoup de gens ont honte, que ses camarades et elle ont dû aller toquer chez tout le monde pour convaincre les mamans que c'était une bonne chose pour elles et pour leurs enfants. Qu'on leur a claqué beaucoup de portes au nez, et même qu'on les a insultées. Je la crois, parce que moi aussi, quand je vais demander des vieux tissus, on me crie souvent des insultes. La demoiselle dit que beaucoup de braves gens ont eu confiance en elles, que ma maman Antonietta est une femme courageuse et que c'est un cadeau qu'elle fait là à son fils. Moi, des cadeaux je n'en ai jamais eu, à part la vieille boîte à couture où j'ai mis tous mes trésors.

Ma maman Antonietta attend que cette Maddalena finisse de parler, parce que les bavardages c'est pas sa spécialité. Maddalena dit que les enfants, il faut leur donner une chance. Moi, je préférerais qu'on me donne du pain, du sucre et de la ricotta. J'en ai mangé une fois à une fête des Américains où j'avais réussi à entrer avec Tommasino (chaussures abîmées : je perds un point).

Maman ne dit toujours rien, alors Maddalena continue : elles ont organisé des trains spéciaux pour emmener des enfants là-haut. Maman demande : « Vous êtes sûre ? Regardez-le, celui-là : c'est une malédiction ! » Maddalena répond qu'ils en mettront plein dans le train, pas que moi. « Alors ici c'est pas une école ! » je finis par comprendre, et je souris. Ma maman Antonietta ne sourit pas. « Si j'avais eu le choix, je ne serais pas venue ici, celui-là c'est le seul que j'ai, faites ce que vous avez à faire. »

Quand on repart, maman marche toujours devant moi, mais plus lentement. On passe devant le comptoir des pizzas, où chaque fois je me suspends à sa robe en pleurnichant jusqu'à ce que je me ramasse une torgnole. Elle s'arrête. « Une fritons ricotta », elle dit au jeune homme derrière le comptoir.

Cette fois, je n'ai rien demandé. Si maman décide d'elle-même de m'acheter de la pizza frite en milicu de matinée, ça sent l'arnaque.

Le jeune homme emballe une pizza aussi jaune que le soleil et plus large que ma figure. Je la prends à deux mains parce que j'ai peur de la faire tomber. Elle est chaude et parfumée, je souffle dessus, l'odeur de l'huile me chatouille le nez et la bouche. Maman se penche et me regarde droit dans les yeux : « Tu as entendu. Tu es grand maintenant, tu vas avoir huit ans. Tu connais notre situation. »

Elle essuie le gras sur mon visage avec le dos de sa main. « Fais-moi goûter », et elle en arrache un petit bout. Puis elle se redresse et on reprend le chemin de la maison. Je la suis sans poser de questions. Maman devant et moi juste derrière.

2

Cette histoire de Maddalena, on n'en a pas reparlé. J'ai pensé que peut-être maman avait oublié ou changé d'avis. Mais quelques jours plus tard, une bonne sœur vient frapper chez nous, c'est le père Gennaro qui l'envoie. Maman l'épie de derrière la fenêtre : « Qu'est-ce qu'elle veut, cette tête à cornette ? »

La bonne sœur frappe une deuxième fois, alors maman pose son ouvrage de couture et va ouvrir, mais elle ne fait qu'entrouvrir, l'autre arrive juste à glisser son visage tout jaune dans l'entrebâillement. La tête à cornette demande si elle peut entrer, maman fait oui de la tête mais ça se voit qu'elle n'a pas trop le cœur. La bonne sœur dit que maman est une bonne chrétienne, que Dieu voit tout et tout le monde et que les gosses n'appartiennent ni aux mères ni aux pères, c'est les enfants de Dieu. Et ces communistes, elles, elles veulent nous faire partir en train en Russie, où on nous coupera les mains et les pieds et on n'aura jamais le droit de revenir. Maman ne répond pas. Elle est très forte pour ne rien dire. Au bout d'un moment la tête à cornette en a assez et s'en va. Je demande : « C'est vrai que tu veux m'envoyer en Russie ? » Maman reprend son ouvrage et se met à parler toute seule. « Mais qu'est-ce que tu racontes ?… Moi je ne connais ni les fascistes ni les communistes. Et les prêtres et les évêques non plus. » Maman ne parle pas beaucoup avec les autres, par contre toute seule elle y va. « Jusqu'à maintenant, je n'ai connu que la faim et le boulot… Je voudrais l'y voir, cette tête à cornette, avec un enfant et sans homme à ses côtés… c'est facile de parler, quand on n'a pas d'enfants. Elle était où, elle, quand mon petit Luigi est tombé malade ? »

Luigi, c'était mon grand frère, et sans la mauvaise idée qu'il a eue d'attraper l'asthme bronchique quand il était petit, maintenant il aurait trois ans de plus que moi. Ce qui fait qu'à ma naissance, j'étais fils unique. Maman n'en parle presque jamais mais elle a une photo de lui sur sa commode, avec un lumignon devant. Cette histoire, je l'ai apprise par la Jacasse, qui habite dans le *basso*[1] juste en face du mien. Elle est gentille. Maman a été tellement triste que tout le monde a cru qu'elle ne s'en remettrait pas. Et puis je suis né et elle était contente. Même si avec moi elle n'est pas aussi contente qu'avec lui. Sinon, elle ne m'enverrait pas en Russie.

Je sors de la maison et je vais dans le *basso* de la Jacasse, qui sait toujours tout, et ce qu'elle ne sait pas elle se le fait raconter. Elle, elle dit que c'est pas

1. Logement typique des vieux quartiers populaires de Naples, exigu et situé au rez-de-chaussée, avec une porte donnant sur la rue. *(Toutes les notes sont de la traductrice.)*

vrai qu'on va m'emmener en Russie, elle connaît Maddalena Criscuolo et les autres : elles veulent nous aider, nous donner un espoir. Et après j'en fais quoi de l'espoir, moi ? Je le porte déjà dans mon nom de famille, parce que je m'appelle Speranza, comme ma maman Antonietta. Mon prénom, par contre, c'est Amerigo. C'est mon père qui me l'a donné. Je ne l'ai jamais connu et, chaque fois que je demande, maman lève les yeux au ciel comme quand il se met à pleuvoir et qu'elle n'a pas eu le temps de rentrer le linge. Elle dit que c'est un grand homme. Il est parti en Amérique pour faire fortune. « Il reviendra ? » j'ai demandé. « Tôt ou tard », elle a répondu. Il ne m'a laissé que mon prénom. C'est mieux que rien.

Depuis que les gens sont au courant de cette histoire de trains, c'est le bazar dans la ruelle. Tout le monde a sa version : il y en a qui sont sûrs qu'on va nous vendre et nous envoyer trimer en Amérique, d'autres qui disent qu'on va aller en Russie et qu'on va nous faire cuire dans des fours, d'autres qui ont entendu que seuls les mauvais garnements vont partir, les enfants sages leurs mamans les gardent, et puis il y a ceux qui s'en fichent complètement et qui font leur vie comme si de rien n'était, parce que c'est que des ignorants. Moi dans la ruelle on m'appelle Nobel parce que je sais plein de trucs, même si j'ai arrêté d'aller à l'école. J'apprends dans la rue : je me balade, j'écoute les histoires, je me mêle des affaires des autres. Personne ne naît avec la science en infusion.

Ma maman Antonietta ne veut pas que j'aille répéter ses histoires partout. Alors je ne dis à personne que sous notre lit il y a les paquets de café de

Forte-Tête. Et que l'après-midi Forte-Tête vient chez nous et puis qu'il s'enferme avec maman. Va savoir ce qu'il raconte à sa femme, peut-être qu'il lui dit qu'il va jouer au billard. Moi, il me chasse, parce qu'ils doivent bosser, elle et lui. Alors je sors et je vais chercher du tissu. Des chiffons, des chutes, des uniformes de soldats américains abîmés, des affaires sales remplies de puces. Au début, quand il venait à la maison, je refusais de sortir, ça ne me plaisait pas que Forte-Tête vienne commander chez moi. Mais maman a dit que je dois le respecter parce qu'il a des relations haut placées et qu'il nous donne à manger. Elle a dit qu'il s'y connaît en commerce et que je ferais mieux d'apprendre de lui, qu'il peut me servir de guide. Je n'ai pas répondu, mais depuis ce jour, dès qu'il arrive, je sors. Je rapporte à la maison les tissus que j'ai récupérés, maman doit les laver, les frotter, les recoudre, et après on les donne à Forte-Tête, il a un étal sur la piazza Mercato, il les vend à ceux qui sont moins pauvres que nous. Alors je regarde les chaussures et je compte le score sur mes doigts, et quand ça fera dix fois dix il se passera le truc chouette : mon père reviendra d'Amérique plein de sous et Forte-Tête, c'est moi qui l'enfermerai dehors.

Une fois, mon jeu a marché pour de bon. Devant le théâtre San Carlo, j'ai vu un monsieur qui portait des chaussures tellement neuves et tellement splendides qu'à elles deux elles valaient cent points. Et quand je suis rentré à la maison, Forte-Tête était bien dehors, devant la porte. Maman avait vu passer sa femme sur le Rettifilo avec un sac à main neuf au bras. Forte-Tête a dit : « Tu dois apprendre à être patiente. Patiente et ton tour viendra aussi. » Maman a répondu : « Oui mais aujourd'hui, c'est toi qui patientes », et elle ne l'a pas laissé entrer. Forte-Tête est resté devant le *basso*, il s'est allumé une cigarette et il est parti les mains dans les poches. Moi je l'ai suivi, rien que pour le plaisir de le voir pas content, et je lui ai dit : « C'est fête aujourd'hui, Forte-Tête ? Vous bossez pas ? » Il s'est accroupi devant moi, il a tiré sur sa cigarette et, quand il a recraché la fumée, des ronds sont sortis de sa bouche. « Mon petit gars, il m'a dit, les femmes et le vin c'est pareil. Soit tu les domines, soit tu te laisses dominer. Si tu te laisses dominer, tu perds la tête, tu deviens un esclave, et moi j'ai toujours été un homme libre et je le resterai. Viens avec moi à l'auberge, je te paierai du vin rouge. Aujourd'hui, Forte-Tête va faire de toi un homme !

— Quel dommage, Forte-Tête, je peux pas vous contenter, j'ai à faire.

— Qu'est-ce que tu as à faire, toi ?

— Je dois aller chercher des chiffons, comme d'habitude. Ils valent presque rien, mais ils nous donnent à manger. Si vous permettez. »

Je l'ai laissé seul, les ronds de fumée de sa cigarette s'effaçaient dans l'air.

Les chiffons que je trouve, je les mets dans une corbeille que maman m'a donnée. Vu que quand la corbeille se remplit elle devient lourde, je la porte sur la tête, comme j'ai vu faire les femmes au marché. Mais à force de la porter tous les jours, mes cheveux sont tombés et je n'ai plus un poil sur le haut du caillou. À mon avis, c'est pour ça que maman m'a fait couper les cheveux rasibus. Les poux, mon œil !

Pendant ma tournée, je me renseigne sur cette histoire de trains, mais ça ne donne rien. Certains disent blanc, d'autres noir. Tommasino me répète tout le temps que lui il ne partira pas parce qu'il y a tout ce qu'il faut chez lui et que sa mère, donna Armida, ne s'est jamais abaissée à demander la charité. La Royale, qui est la chef de notre ruelle, dit que du temps du roi, certaines choses n'arrivaient pas, les mamans ne vendaient pas leurs enfants. Elle dit qu'il n'y a plus de di-gni-té ! Chaque fois qu'elle prononce ce mot, elle montre ses gencives marron en serrant ses dernières dents jaunes et elle postillonne par les trous de celles qu'elle a perdues. La Royale est née moche je crois, c'est pour ça qu'elle n'a jamais eu de mari. Mais ça, on ne peut pas en parler, parce que c'est son point faible. Et aussi du fait qu'elle n'a pas d'enfants. À un moment elle avait un chardonneret, mais il s'est enfui. Du coup, on ne peut pas parler du chardonneret non plus, avec la Royale.

La Jacasse aussi est une vieille fille. On n'a jamais su pourquoi. Il y en a qui disent que c'est parce qu'elle n'a pas réussi à se décider entre ceux qui avaient demandé sa main et qu'en fin de compte elle s'est retrouvée seule, parce qu'en vrai elle est sacrément riche et ne veut partager ses sous avec personne. Certains disent qu'elle a eu un fiancé mais qu'il est mort. D'autres qu'elle a eu un fiancé mais qu'après il s'est avéré qu'il était déjà marié. Moi je dis que tout ça c'est des racontars.

La Royale et la Jacasse se sont bien entendues une seule fois, quand les Allemands sont montés jusque dans notre ruelle pour nous voler la nourriture : elles ont caché des cacas de pigeon dans le *casatiello*, le pain farci, et elles leur ont dit que c'étaient des fritons de porc, une spécialité typique de la cuisine de chez nous. Ils l'ont mangé en disant *gut, gut !* et la Royale et la Jacasse elles se donnaient des coups de coude en rigolant dans leur barbe. Les Allemands, on ne les a jamais revus, même pas pour des représailles.

Ma maman Antonietta ne m'avait jamais vendu jusqu'à maintenant. Mais deux ou trois jours après la visite de la bonne sœur, je rentre à la maison avec la corbeille des chiffons et Maddalena Criscuolo est là. Et voilà, je me dis, ils sont venus m'acheter ! Pendant que maman parle avec elle, je tourne dans la pièce comme un couillon et quand elles me posent des questions, je ne réponds pas ou alors je bégaye exprès. Je veux avoir l'air demeuré, comme ça personne ne m'achètera. Qui est assez bête pour vouloir acheter un enfant bègue ou demeuré ?

Maddalena dit qu'elle aussi elle a été dans la pauvreté et qu'elle y est toujours, que la faim n'est pas une faute mais une injustice. Que les femmes doivent s'allier pour améliorer les choses. La Royale, elle, dit que si toutes les femmes portaient les cheveux courts et un pantalon comme Maddalena, le monde serait sens dessus dessous. C'est elle qui raconte ça, alors qu'elle a une moustache ! Maddalena, elle n'a pas de moustache, mais une jolie bouche rouge et des dents blanches.

Maddalena baisse la voix et dit à maman qu'elle est au courant de son histoire difficile, qu'entre femmes il faut s'aider avec la solidarité. Maman Antonietta fixe un endroit du mur où il n'y a rien et je comprends qu'elle pense à mon grand frère Luigi.

Avant Maddalena, d'autres dames étaient déjà venues chez nous, mais elles n'avaient pas les cheveux courts ni de pantalon. C'étaient des vraies dames, avec des jolies robes et des coiffures blondes. En les voyant arriver dans la ruelle, la Jacasse faisait la grimace et disait : « Les dames de la charité sont là. » Nous, au début on était contents parce qu'elles nous apportaient des colis avec de la nourriture, sauf que petit à petit on s'est aperçus que dans les colis il n'y avait ni pâtes ni viande ni fromage. Il y avait du riz. Toujours du riz, rien que du riz. Chaque fois qu'elles venaient, ma maman Antonietta levait les yeux au ciel et disait : « Fais rizette, on va faire riz-paille. » Les dames de la charité ne comprenaient pas, quand elles ont vu que plus personne ne voulait de leurs colis, elles ont déclaré que c'était le produit national et qu'elles faisaient « la campagne du riz ». Les gens ont arrêté de leur ouvrir quand elles frappaient à la porte. La Royale disait qu'on ne connaissait pas la gratitude, qu'on ne méritait rien et qu'il n'y a plus de di-gni-té. La Jacasse, elle, disait que ces femmes se fichaient bien de nous avec leur riz et chaque fois que quelqu'un voulait lui donner quelque chose d'inutile, elle disait : « Et voilà, les dames de la charité sont là ! »

Maddalena promet qu'on s'amusera bien dans le train et que les familles du nord et du centre de l'Italie nous traiteront comme leurs enfants, elles nous donneront à manger, elles nous soigneront, elles nous donneront des habits et des chaussures neuves (deux points). Alors là j'arrête de faire le bègue demeuré et je dis : « Maman, vends-moi à cette dame ! » Maddalena ouvre sa grande bouche rouge et se met à rire, mais ma maman Antonietta me colle une torgnole avec le dos de la main. Je touche ma figure qui me brûle, à cause de la baffe ou de la honte, je ne sais pas. Maddalena arrête de rire et pose une main sur le bras de maman, qui s'écarte comme quand elle effleure la casserole brûlante. Elle n'aime pas qu'on la touche, même pour une caresse. Puis Maddalena prend une voix très très sérieuse et dit qu'elle ne veut pas m'acheter. Que le parti communiste organise quelque chose de jamais vu, qui restera dans l'Histoire, que tout le monde s'en souviendra pendant des années et des années. « Comme l'histoire du *casatiello* avec les cacas de pigeon ? » je demande. Ma maman Antonietta me regarde de travers et je me dis que je vais m'en ramasser une autre, mais à la place elle me demande : « Et toi, qu'est-ce que tu veux faire ? » Je réponds que si on me donne une paire entière de chaussures neuves (étoile bonus), je suis même prêt à y aller à pied, chez les communistes, pas besoin du train. Maddalena sourit, maman hoche la tête, ce qui veut dire : « Bon, d'accord. »

3

Ma maman Antonietta s'arrête devant l'immeuble des communistes, via Medina, où on est allés la dernière fois. Maddalena a dit qu'on doit se faire inscrire sur la liste des gosses des trains. Au premier étage, il y a trois jeunes messieurs et deux demoiselles. Les demoiselles nous emmènent dans une pièce avec un bureau et un drapeau rouge derrière. Elles nous font asseoir et nous demandent tout un tas de choses. Il y en a une qui parle et l'autre qui écrit sur une feuille. Après, celle qui parlait prend un bonbon dans une boîte et me le donne. Celle qui écrivait pose une feuille devant maman, qui ne comprend pas. Alors elle lui met un stylo dans la main et lui demande de signer. Maman ne bouge pas. Je sors le bonbon du papier et l'odeur du citron me pique le nez. C'est pas comme si j'en mangeais tous les jours, des bonbons.

On entend les trois jeunes messieurs crier dans la pièce à côté. Les demoiselles se regardent sans rien dire, elles ont l'habitude et n'y peuvent rien, ça se voit. Ma maman Antonietta reste le stylo à la main, la main en l'air et la feuille devant elle. Je demande pourquoi ils braillent comme ça dans la pièce à côté.

Celle qui écrivait ne répond pas. L'autre, celle qui parlait, explique qu'ils ne sont pas en train de se disputer, ils discutent de ce qu'il faut faire pour que tout le monde soit dans le bien-être, c'est ça la politique. Alors je demande : « Pardon, mais vous êtes pas d'accord entre vous là-dessus ? » Elle fait la tête de quand tu croques dans une noisette pourrie et puis elle dit qu'il y a des divisions, des courants… Là, celle qui écrivait lui donne un coup de coude, comme pour lui dire tu parles trop, puis elle se tourne vers maman, si elle ne sait pas écrire son prénom, elle peut faire une croix, de toute façon sa collègue et elle sont témoins. Ma maman Antonietta devient toute rouge et, sans lever les yeux, elle dessine un x un peu de traviole. Moi, maintenant que j'ai entendu cette histoire des courants, j'ai les chocottes, parce que la Jacasse dit toujours que c'est avec les courants d'air qu'on attrape le rhume et on m'a raconté qu'on ne laisse pas partir les enfants malades. D'ailleurs, c'est pas juste : c'est les malades qui devraient aller se faire soigner, non ? Parce que bon, c'est facile de faire de la solidarité avec ceux qui vont bien, comme dirait à juste titre la Royale qui au fond du fond est aussi une personne gentille, à part sa moustache et ses gencives marron, et même que parfois elle me donne une lire.

Puis les demoiselles écrivent des choses dans un gros livre et nous raccompagnent à la sortie. Dans l'autre pièce, les trois messieurs se disputent toujours sur la politique. Le tout maigre avec les cheveux blonds n'arrête pas de répéter : question méridionale et intégration nationale. Je regarde maman pour voir si elle a compris, mais elle continue tout droit. Le blond se tourne vers moi au moment où je passe à côté de lui, comme pour dire : « Parle, dis-lui, toi ! » Je voudrais lui répondre que je n'y comprends rien du tout et que c'est ma maman Antonietta qui m'a amené là pour mon bien, sinon je ne serais pas venu, moi. Maman m'attrape par le bras et chuchote : « Tu veux te mêler de ces histoires, maintenant ? Tais-toi, on y va ! »

Alors on s'en va, et le blond nous suit des yeux jusqu'à la porte.

4

Le mauvais temps est arrivé d'un coup. Ma maman Antonietta ne m'envoie plus chercher des chiffons parce qu'il pleut et il fait froid. Elle ne m'a pas acheté d'autres pizzas frites, mais une fois elle m'a préparé des pâtes à la *genovese*, que j'adore. On n'a pas revu la bonne sœur et dans la ruelle ils en ont eu assez de parler des trains.

Comme sans les chiffons avec maman on était dans le besoin, Tommasino et moi on a monté notre affaire. Au début, il ne voulait pas en entendre parler. Ça le dégoûtait, et puis il avait la trouille que sa maman le découvre et qu'en punition elle l'envoie lui aussi dans les trains. Mais moi je lui ai dit que si Forte-Tête arrivait à se faire de l'argent sur ce qui sortait des poubelles, on n'était pas des crétins, nous. Alors on a lancé une affaire : moi j'allais attraper des rats et lui il les repeignait. On a installé un petit étal sur le marché, dans le coin où il y a aussi les perroquets et les chardonnerets. Notre spécialité à nous, c'était les hamsters. J'avais eu l'idée en voyant l'élevage d'un officier américain, qui les vendait aux dames riches qui n'étaient plus tellement riches. Avec, elles se fabriquaient un col en fourrure : comme ça, elles économisaient et elles faisaient quand même les belles. Les rats que j'attrapais, une fois qu'on leur avait coupé la queue et qu'on les avait repeints en blanc et marron avec du cirage à chaussures, ils ressemblaient tout craché aux hamsters de l'officier américain. Au début, les affaires marchaient bien. Tommasino et moi, on avait pas mal de clientes, et à cette heure on serait même riches si un jour il n'y avait pas eu une averse. « Ameri', a dit Tommasino ce matin-là, si on gagne des sous, t'auras plus besoin d'aller chez les communistes !

— Qu'est-ce que ça a à voir ? j'ai répondu. C'est comme des espèces de vacances.

— Les vacances des crève-la-dalle, oui ! Tu sais où ma maman m'emmène, l'été prochain ? À Ischia… »

Juste à ce moment-là, le ciel s'est couvert et une pluie pas possible s'est mise à tomber. « Tommasi', la prochaine fois que tu veux raconter un bobard pareil, prépare ton parapluie avant. »

On s'est réfugiés sous la corniche d'un immeuble. Par contre, l'étal avec les rats repeints est resté sous l'eau. Avant qu'on ait eu le temps de le mettre à l'abri, le cirage a coulé et les hamsters sont redevenus des rats. Les dames autour des cages ont commencé à brailler : « Petits salauds ! Le choléra ! »

Là, on ne pouvait plus se débiner parce que les maris des dames, qui étaient arrivés entre-temps, nous avaient coincés. Heureusement Forte-Tête a débarqué, il nous a attrapés tous les deux par le col et il a ordonné : « Faites-moi disparaître ces cochoncetés sur-le-champ. Toi et moi on réglera nos comptes après. »

Je croyais que j'allais prendre une rouste, mais en fait il n'en a pas reparlé. Puis un jour, quand il est venu pour bosser avec maman, il m'a pris à part avant d'entrer, il a aspiré la fumée de sa cigarette et il m'a dit : « L'idée était bonne, mais il fallait mettre l'étal à l'abri ! » Il a rigolé, et les ronds de fumée se sont élargis dans l'air. « Si tu veux entrer dans les affaires, viens avec moi au marché, je t'apprendrai… » Puis il a mis sa main sur ma joue, impossible de savoir si c'était une torgnole ou une caresse, et il est parti.

Moi ça me disait presque d'aller avec lui, mais juste pour m'améliorer dans les affaires. Sauf que quelques jours après, la police l'a embarqué. À cause de l'histoire du café, je crois. Alors les gens de la ruelle ont arrêté de penser aux rats repeints et ils n'ont plus parlé que de Forte-Tête qui s'était fait coffrer. Je demande à voir s'il se vante toujours d'être un homme libre !

Quand maman a appris cette histoire, elle a enlevé tout ce qu'il y avait sous le lit et pendant plusieurs jours, chaque fois qu'elle entendait un bruit à la porte, elle cachait sa figure derrière ses mains comme si elle voulait disparaître. Mais le temps a passé, personne n'est venu fouiller chez nous et les gens en ont eu assez de parler de ça aussi. Les gens, ils parlent ils parlent et puis ils oublient, sauf maman, qui ne parle pas bcaucoup mais qui n'oublie jamais rien.

Et d'ailleurs, moi je n'y pense même plus quand un matin, elle me réveille alors qu'il fait encore tout noir, elle met sa jolie robe et elle se peigne devant la glace.

Ensuite, elle prépare mes habits les moins usés et elle dit : « On y va, sinon on va être en retard. » Et là je comprends.

On marche, elle devant, moi derrière. Il s'est mis à pleuvoir. Je joue à sauter dans les flaques, maman me colle une taloche, maintenant j'ai les pieds mouillés et il y a encore du chemin. Je regarde autour de moi pour faire le jeu des chaussures et gagner d'autres points, mais ce matin je n'ai pas trop le cœur à ça, moi aussi je voudrais cacher ma figure derrière mes mains et disparaître un peu. Il y a des tas de mamans avec leurs enfants qui marchent à côté de nous. Des pères, aussi, eux ça se voit qu'ils n'avaient pas envie de venir. Il y en a un qui a écrit sur une feuille toutes les instructions pour son fils : à quelle heure il se lève, à quelle heure il se couche, qu'est-ce qu'il aime manger, qu'est-ce qu'il n'aime pas, combien de fois par semaine il fait caca, qu'il faut mettre une alèse sous son drap parce que la nuit il fait pipi au lit. Il relit la liste à voix haute et son fils devient rouge comme une tomate, puis il la plie en quatre et la lui glisse dans une poche cousue dans sa chemise. Après il y reréfléchit, il reprend la feuille et il écrit dessus un remerciement à la famille qui l'accueillera, en disant que grâce à Dieu, c'est pas qu'ils en ont besoin mais leur fils a tellement insisté qu'ils n'ont pas eu le cœur de le décevoir.

Les femmes, elles, marchent sans honte et traînent deux, trois, quatre enfants par la main. Moi je suis fils unique, vu qu'avec mon grand frère Luigi on n'a pas eu le temps de se connaître. On n'a pas eu le temps avec mon père non plus, je suis né en retard sur tout le monde. Tant mieux, d'ailleurs, ça lui évite d'avoir honte de m'emmener au train.

On arrive devant un bâtiment très très long. Ma maman Antonietta dit que c'est l'Hospice des pauvres. « Quoi ? je dis. On devait m'emmener dans le Nord pour que j'aie une vie de pacha et finalement on va à l'Hospice des pauvres : je vais empirer, moi ! C'était pas mieux qu'on reste dans notre ruelle ? » Maman m'explique que si on est là, c'est parce qu'avant de nous envoyer dans le Nord, on doit passer une visite médicale, voir si on est en bonne santé, malades, contagieux...

« Et puis ils vont distribuer des habits chauds, des manteaux et des chaussures, parce que là-haut c'est pas comme chez nous. Il y a l'hiver !

— Des chaussures neuves neuves ?

— Soit neuves neuves soit vieilles mais en bon état.

— Deux points ! » je crie et, pendant un moment, j'oublie le départ et je sautille dans tous les sens.

Devant le long bâtiment, il y a plein de monde. Toutes les mamans avec leurs enfants juste derrière, de tous les âges : très petits, petits, moyens et grands. Je suis dans les moyens. Devant l'entrée il y a une demoiselle, mais c'est pas Maddalena. C'est pas non plus une des dames du riz. Elle dit qu'on doit se mettre en rangs, qu'ils doivent nous vérifier et puis nous donner des numéros pour nous reconnaître, sinon, quand on reviendra ils vont rendre le mauvais enfant et on ne va plus se retrouver. Moi je n'ai que ma maman et je ne veux pas être échangé avec un autre, alors je m'agrippe à son sac et je lui dis qu'au fond du fond je n'ai pas besoin de chaussures neuves et, pour ce qui me concerne, on peut rentrer à la maison. Mais soit elle ne m'entend pas, soit elle ne veut pas m'entendre. Je suis triste dans mon ventre et je pense que j'aurais mieux fait de continuer mon numéro de bègue demeuré pour ne pas partir.

Je tourne la tête pour qu'elle ne me voie pas pleurer, et là j'ai presque envie de rire : deux rangées derrière moi, au milieu de la foule, il y a Tommasino. « Tommasi' ! je crie. Tu attends le bateau pour Ischia ? » Il me regarde, il est blanc comme un linge, mort de trouille. Finalement, sa mère aussi a dû demander la charité ! La Royale m'a raconté qu'avant, donna Armida était riche, sacrément riche. Elle habitait dans un bel immeuble sur le Rettifilo avec des domestiques. Elle faisait des robes pour les dames les plus chics de la ville et elle avait des connaissances. Son mari, don Gioacchino Saporito, était presque sur le point d'acheter une automobile. D'après la Royale, donna Armida avait réussi en léchant les bottes des fascistes, sans vouloir vexer personne. Puis, quand le fascisme est tombé, elle est redevenue vendeuse ambulante de tissus, comme avant. Son mari, qui avait été un gros bonnet, a été arrêté et interrogé. Tout le monde s'attendait à une sanction : une peine, de la prison. Mais non, rien. La Royale dit qu'il y avait eu l'amnistie. C'est comme quand ma maman Antonietta a découvert que j'avais cassé la soupière pour les macaronis de sa pauvre mère Filomena, paix à son âme et santé à nous, et qu'elle m'a dit : « Dégage de ma vue, sinon je te colle une raclée dont tu te souviendras ! » J'ai filé chez la Jacasse et je ne me suis pas montré pendant deux jours. Le mari fasciste de donna Armida a été libéré, il est rentré chez lui et personne ne lui a rien dit. Maintenant, ils sont vendeurs ambulants dans un *basso*, dans la ruelle à côté de la mienne.

Quand donna Armida était couturière sur le Rettifilo, Tommasino avait des chaussures extraneuves (étoile bonus). Quand sa maman est redevenue vendeuse dans la ruelle, il a gardé ses chaussures d'avant, mais elles étaient devenues vieilles et trouées (un point).

Quand elle voit Tommasino dans la queue derrière nous, maman me serre la main pour me rappeler ma promesse. Moi aussi je serre la sienne, mais après je me tourne vers mon copain et je lui fais un clin d'œil. Parfois, lorsque j'allais chercher des chiffons, Tommasino m'accompagnait. Donna Armida n'était pas contente, elle disait que son fils devait fréquenter ceux qui étaient dans une meilleure situation que lui, pas ceux qui avaient encore plus d'ennuis. Quand maman a su ça, elle m'a fait promettre de laisser tomber Tommasino, parce que c'était le fils de ploucs enrichis puis rappauvris, et fascistes en plus, comme le lui avait dit la Jacasse. J'ai fini par promettre à maman, et Tommasino à la sienne. On a continué à se voir tous les après-midi, mais en cachette.

D'autres enfants arrivent à pied, dans les autobus prêtés exprès par la compagnie de tramways, explique une dame à côté de nous, et même dans les grosses jeeps de la police. Comme ça, sans soldats et pleines d'enfants qui agitent la main et des banderoles colorées, on dirait les chars de la fête de

Piedigrotta. Je demande à maman si je peux monter dans la grosse jeep. Elle me dit de rester à côté d'elle, je ne dois pas me perdre. Et si vraiment je dois me perdre, je dois attendre d'avoir mon numéro. Il y a tout plein de monde. Une demoiselle nous fait mettre en rangs mais la file bouge tout le temps, comme une anguille dans les mains du poissonnier.

Une petite fille blonde qui n'a pas arrêté d'embêter sa maman parce qu'elle voulait monter dans le train a changé d'avis, maintenant elle pleure qu'elle ne veut plus y aller. Un garçon un peu plus âgé que moi, qui porte un chapeau marron et qui est juste venu pour accompagner son frère, dit que c'est pas juste s'il reste là alors que son frère part s'amuser et il pleure lui aussi. Les mamans grondent et les mornifles pleuvent mais rien à faire, les pleurs continuent et les mamans ne savent plus à quel saint se vouer. Au bout d'un moment, une demoiselle arrive avec les listes, elle efface le prénom de la petite fille blonde, écrit celui du garçon avec le chapeau marron et tout le monde est content. Sauf la maman de la petite fille blonde, qui l'emmène en disant : « On réglera nos comptes à la maison. »

Soudain, on entend une voix familière : la Royale est là, en tête d'un groupe de femmes qui avancent en procession. Elle agite les bras en l'air et crie à pleins poumons. Elle porte l'image du roi Humbert épinglée à sa poitrine. La première fois que j'ai vu cette photo dans son *basso*, j'ai dit : « C'est qui ce beau jeune homme avec sa petite moustache ? Votre fiancé ? » La Royale a failli me coller des coups de pied au derrière, parce que j'avais offensé son pauvre fiancé mort à la première guerre paix à son âme, elle ne l'avait jamais trompé pas même dans sa tête. Puis elle a fait trois fois le signe de croix, elle a embrassé la pointe de ses doigts et elle a envoyé le bisou au ciel. La Royale a dit que le jeune homme avec la petite moustache était le dernier roi, mais pour lui ça avait fini avant de commencer parce que ces autres crétins s'étaient mis en tête de faire une république et ils avaient embrouillé les bulletins de vote pour gagner. La Royale a dit qu'elle, elle est mo-nar-chis-te. Et que les communistes ont semé le bazar et que maintenant on n'y comprend plus rien. D'après elle, mon père aussi était un rouge, c'est pour ça qu'il a dû partir. L'Amérique, mon œil ! Moi j'ai pensé que c'était possible parce que je suis roux et j'ai la peau qui devient rouge au soleil, alors que ma maman Antonietta elle est brune et elle a la peau mate. Donc le rouge ça doit venir de mon père. Et à partir de là, j'ai arrêté de me mettre en rogne chaque fois que pour se ficher de moi on m'appelait « carotte trop cuite ».

Avec son portrait sur la poitrine, la Royale commande la procession des femmes sans gosses, et elles commencent à crier aux femmes avec des gosses : « Ne vendez pas vos enfants ! Elles vous ont bourré le crâne mais la vérité c'est qu'elles vont les envoyer trimer en Sibérie, s'ils meurent pas de froid avant. »

Les plus jeunes se mettent à pleurer et ne veulent plus y aller, les plus grands s'entêtent à vouloir partir. On dirait la fête de San Gennaro mais sans le miracle. Quand elle se frappe la poitrine, la Royale met des baffes au moustachu qu'elle porte accroché dessus. S'il y avait eu la Jacasse, elle lui en aurait dit des vertes et des pas mûres. Mais la Jacasse ne s'est pas montrée. La Royale continue : « Ne les laissez pas partir, ils vous les rendront jamais ! Vous savez que les fascistes ont posé des explosifs sur les rails pour faire sauter les trains ? Gardez bien vos enfants contre vous, comme sous les bombardements, où votre présence et la providence divine suffisaient à les protéger. »

Moi, des bombardements, je me souviens du bruit des sirènes et des gens qui braillaient. Maman me prenait dans ses bras et se mettait à courir. On allait dans les abris et elle me tenait serré contre elle tout le temps. Pendant les bombardements, j'étais heureux.

La procession des femmes sans gosses passe dans la foule des mamans qui, miracle, avaient fini par se mettre en rangs, et c'est de nouveau le bazar. D'autres demoiselles sortent par la grande porte du bâtiment très très long pour essayer de calmer tout le monde. « Ne partez pas. Ne privez pas vos enfants de cette chance. Pensez que l'hiver arrive. Le froid, le trachome, les maisons humides… » Elles s'approchent de chaque enfant et lui donnent une tablette de papier aluminium. « Nous aussi on est des mamans. Vos enfants passeront l'hiver au chaud, ils mangeront, ils seront soignés. Les familles de Bologne, de Modène et de Rimini les attendent pour les accueillir chez elles. Ils vous reviendront plus beaux, en meilleure santé, plus en chair. Ils mangeront tous les jours. Petit déjeuner, déjeuner et dîner. » Une demoiselle me donne du papier aluminium à moi aussi, et dedans je trouve une tablette marron foncé. « Mange, mon petit, c'est du chocolat ! » elle dit. Et moi, pour me donner des airs : « Oui oui, j'en ai entendu parler… »

« Donna Antonietta, vous aussi vous vendez votre fils ? » s'étonne la Royale, la main posée sur le portrait du moustachu, qui s'est tout froissé à force qu'elle tape dessus. « Alors ça, je l'aurais pas imaginé de votre part ! Vous êtes même pas dans le besoin… C'est parce que Forte-Tête a été coffré ? Si vous me l'aviez dit, je vous l'aurais offert, le café ! »

Ma maman Antonietta me regarde de travers pour savoir si c'est moi qui ai répété l'histoire du café. « Donna Royale, elle répond, moi de ma vie j'ai jamais rien attendu de personne et quand j'ai demandé, j'ai toujours rendu. Et quand je pouvais pas rendre, je demandais pas. Mon mari a dû partir à l'étranger pour chercher fortune et quand il reviendra… Vous connaissez cette histoire. Je n'ai pas de comptes à vous rendre.

— Mais de quelle fortune vous parlez, donna Antoniè ? Vous plaisantez… Il n'y a plus de di-gni-té ! »

Quand la Royale dit le mot « di-gni-té », je ferme les yeux pour ne pas voir ses gencives marron et les postillons qui passent par les trous des dents manquantes. Après je les rouvre parce que ma maman Antonietta ne répond pas et c'est mauvais signe, rester silencieuse quand on se fiche d'elle c'est pas sa spécialité. Alors je sors le dernier morceau de chocolat du papier aluminium, je roule le papier en boule et le mets dans ma poche, comme ça je pourrai jouer avec, ce sera un boulet de canon pour le soldat de plomb que j'ai trouvé avant-hier sur le Rettifilo. Et puis je réponds à la place de maman : « Eh, la Royale, moi j'ai un père quelque part. Mais vous, vous avez un enfant ? »

La main sur la poitrine, la Royale caresse ce pauvre moustachu tout froissé.

« Non, pas vrai ? Vous avez que le portrait du roi Humbert. »

Les gencives marron de la Royale tremblent d'énervement.

« Quel dommage ! Sinon je lui aurais donné mon dernier morceau de chocolat ! »

Et je le fourre tout entier dans ma bouche.

5

« Mesdames, mesdames ! Écoutez-moi : je suis Maddalena Criscuolo, je viens du Pallonetto, à Santa Lucia, je me suis battue pendant les Quatre Journées. »

Les mamans se taisent. Debout sur la charrette d'un vendeur de légumes, Maddalena parle dans un entonnoir en fer qui lui fait une plus grosse voix.

« Quand il a fallu chasser les Allemands, nous autres femmes on a fait notre devoir. Mères, filles, épouses, jeunes et vieilles : on est toutes descendues dans la rue et on s'est battues. Vous y étiez, j'y étais moi aussi. Maintenant, c'est comme une autre bataille, mais contre les ennemis les plus dangereux : la faim et la pauvreté. Et si vous vous battez, vos enfants seront victorieux ! »

Chaque mère regarde les siens.

« Ils vous reviendront plus en chair et plus beaux. Et vous serez récompensées des innombrables efforts que vous avez dû fournir jusque-là. Lorsque vous les serrerez de nouveau dans vos bras, vous aussi vous serez plus en chair et plus belles. Je vous les ramènerai moi-même, je vous le jure sur mon honneur, aussi vrai que je m'appelle Maddalena Criscuolo. »

Les femmes restent silencieuses et les gosses aussi.

Maddalena descend de la charrette, elle marche au milieu des mamans avec leurs gosses accrochés à leurs jupes et elle se met à chanter dans l'entonnoir en fer. Elle a une jolie voix, comme celles que j'entends quand je vais m'asseoir devant le conservatoire de musique en attendant que Carolina sorte avec son violon.

« *Sebben che siamo donne, paura non abbiamo, per amor dei nostri figli, per amor dei nostri figli. Sebben che siamo donne, paura non abbiamo, per amor dei nostri figli, in lega ci mettiamo*[1]... »

Les demoiselles se mettent derrière Maddalena. Les mamans ne disent rien. Puis quelques-unes se lancent, elles commencent à chanter et peu à peu les autres suivent. La Royale et les femmes de sa procession répondent avec l'hymne de la monarchie : « *Viva il Re ! Viva il Re ! Viva il Re ! Le trombe liete squillano. Viva il Re ! Viva il Re ! Viva il Re ! Con esse i canti echeggiano*[2]... » Mais elles ne sont pas

1. « Bien que nous soyons des femmes, nous n'avons pas peur, par amour pour nos enfants, par amour pour nos enfants. Bien que nous soyons des femmes, nous n'avons pas peur, par amour pour nos enfants, nous entrons dans la ligue. » Cette chanson populaire, intitulée « La lega » (« La Ligue », référence aux ligues socialistes), date de la fin du XIXe siècle, où elle était chantée par les ouvrières des rizières du nord de l'Italie. Elle a par la suite intégré le répertoire des chansons de lutte italiennes.

2. « Vive le roi ! Vive le roi ! Vive le roi ! Pleines de joie, les trompettes résonnent. Vive le roi ! Vive le roi ! Vive le roi ! Les

nombreuses et elles chantent faux, alors la chanson des mamans devient plus forte, de plus en plus forte, et au bout d'un moment on n'entend plus que leurs voix et celles de leurs gosses. C'est la première fois que j'entends ma maman Antonietta chanter. La Royale arrête de chanter, elle a la bouche fermée et les gencives cachées. Puis elle s'en va en tête de la procession. En passant à côté de moi, elle souffle : « La faim est plus forte que la peur… » La foule l'entraîne, je n'entends pas la fin de sa phrase.

Toujours avec son entonnoir, Maddalena explique que nous devons dire au revoir à nos mamans et entrer dans le bâtiment très très long, parce qu'il faut qu'on nous lave et qu'on nous ausculte. Si on est sages, on aura encore du chocolat. Je serre la main de ma maman Antonietta et quand je me tourne vers elle, ses yeux ont une drôle de couleur, la même que celle des uniformes des Allemands qui venaient chercher notre nourriture jusque dans les ruelles. Alors j'écarte les deux bras, comme le chef d'orchestre qu'on avait vu avec Carolina une fois où on s'était faufilés dans le théâtre pendant les répétitions pour le concert, et j'appuie mon visage aussi fort que je peux contre son ventre. Elle est surprise, parce que les câlins c'est pas notre spécialité. Mais elle met une main dans mes cheveux et elle la bouge tout doucement, en avant et en arrière. Elle est légère et elle sent le bloc de savon fondu sous l'eau. Ça ne dure pas longtemps.

---

chants leur répondent. » Les paroles sont extraites de la chanson « Marcia reale » (« Marche royale »), paroles et musique de Giuseppe Gabetti.

Une demoiselle s'approche et me demande comment je m'appelle. Je réponds Amerigo Speranza, comme ma maman Antonietta. Elle épingle un carton à ma chemise, dessus il y a écrit mon prénom, mon nom et un numéro. Elle donne un carton pareil à maman, qui le glisse contre sa poitrine, où elle garde le plus important. Un peu de sous, la petite image porte-bonheur de saint Antoine ennemi du démon, un mouchoir brodé par sa pauvre mère Filomena paix à son âme, et maintenant mon numéro à moi. Voilà, je m'en vais et elle garde tout à portée de main.

Quand tous les gosses et toutes les mamans ont leur numéro, Maddalena prend l'entonnoir en fer et parle en tournant la tête dans tous les sens pour que tout le monde l'entende bien. « Mesdames, mesdames, ne partez pas, attendez. Mettez-vous derrière vos enfants pour qu'on vous fasse un portrait photographique. »

Toutes les mamans s'émerveillent de cette nouveauté, elles se remettent à bouger et c'est une fois de plus le bazar dans les rangs, alors qu'il avait fallu l'aide du bon Dieu pour les former. Il y en a une qui se lisse les cheveux, une autre qui se pince les joues pour avoir meilleure mine, une autre qui se mord la bouche pour faire comme si elle avait du rouge à lèvres, pareil que les femmes sur les portraits dans les vitrines du Rettifilo. Ma maman Antonietta se lèche la main et la passe sur ma tête parce qu'après avoir été coupés rasibus mes cheveux repoussent en tourbillon. Maddalena s'approche avec un écriteau. « Qu'est-ce qu'il y a écrit, Ameri' ? » demande maman. Je regarde les lettres, il y en a que je reconnais, d'autres pas. Je ne sais pas les coller ensemble, je m'embrouille, je préfère les chiffres, moi. « Tu crois que je t'ai envoyé à l'école pour chauffer la chaise ? »

Heureusement, Maddalena approche l'entonnoir en fer de sa bouche et c'est elle qui lit. Il y a écrit qu'on est des enfants du Sud et que le Nord nous attend pour nous aider, et ça c'est la solidarité. Je voudrais lui demander ce que ça veut dire cette solidarité, mais un garçon avec une veste et un pantalon gris un peu usé arrive et nous demande de prendre la pose pour la photo. Ma maman Antonietta met ses mains sur mes épaules. Je me retourne pour la regarder, on dirait qu'elle va sourire mais à la dernière seconde elle change d'avis et quand le monsieur prend la photo elle a la même tête que d'habitude.

On entre enfin dans le bâtiment très très long. Sans leurs mamans, les enfants ont l'air plus petits, même ceux qui jouaient les durs quand ils étaient dehors. Les demoiselles nous font attendre en rangs par trois dans un couloir sombre. Je me mets à côté de Tommasino pour lui donner du courage, vu qu'il a les jambes qui tremblent pire que quand les hamsters sont redevenus des rats sous la pluie. Avec nous, il y a une autre gosse. Elle s'appelle Mariuccia, elle est maigre et elle a les cheveux courts. C'est la fille du savetier de Pizzofalcone. Je la connais parce qu'une fois ma maman Antonietta m'a amené chez lui pour demander s'il pouvait me prendre dans sa boutique et m'apprendre le métier, vu que je fais une fixette sur les chaussures. Le savetier ne nous a même pas regardés, du pouce il nous a montré l'arrière de son établi, où il y avait quatre gamins d'âges variés avec des chaussures, des clous et de la colle dans les mains. C'étaient les enfants que sa pauvre femme paix à son âme avait eu le courage de lui laisser sur le dos en s'en allant dans l'autre monde. Mariuccia était la seule fille et, plus tard, elle serait responsable de la maison et de ses frères. En attendant, leur père se les gardait tous les quatre comme apprentis savetiers. Donc c'était non.

Après, la Jacasse m'a raconté que quand Maddalena est allée lui parler du train, le savetier a décidé de faire partir Mariuccia, parce que les autres c'étaient des garçons et ils pouvaient lui servir pour le travail, alors qu'elle elle n'était même pas encore capable de faire réchauffer les macaronis, pour le moment elle était vraiment inutile.

Quand on se met en rangs, elle est toute pâle et a l'air agitée. « Je veux pas ! Je veux pas ! elle pleure. Ils vont me couper les mains et me mettre au four ! »

À l'inverse, il y en a qui veulent partir à tout prix. « J'ai un trachome ! J'ai un trachome ! » ils crient, comme si le trachome c'était pas une maladie mais le gros lot. Alors tous ceux qui les entendent braillent eux aussi : « Un trachome ! On a un trachome ! » parce qu'ils croient que s'ils n'ont pas de trachome on ne les laissera pas monter dans le train.

Tommasino, Mariuccia et moi on s'assoit côte à côte. De temps en temps, Mariuccia renifle l'air. Ça ne sent pas le brûlé ni la chair cuite et on ne voit pas de fumée, alors ça veut dire qu'on ne va pas nous mettre au four, pas tout de suite en tout cas. Il y a juste des demoiselles qui font des allées et venues et discutent avec un grand jeune homme qui tient un cahier où il inscrit des choses au crayon. Maddalena l'appelle « camarade Maurizio ». Lui aussi il l'appelle « camarade », comme s'ils allaient à l'école ensemble. Il va et vient, écoute et répond à toutes les questions. Quand il arrive à côté de nous, il s'arrête et nous regarde. « Et vous, comment vous vous appelez ? »

On ne répond pas parce qu'on est mal à l'aise.

« Hé, je vous parle ! Vous avez perdu votre langue, on vous l'a coupée ?

— Pas encore, dit Tommasino, mort de trouille.

— Pourquoi, on va nous la couper ? demande Mariuccia. La Royale avait raison, alors ! »

Le camarade Maurizio rigole bien puis il nous caresse la tête. « Montrez-moi, tirez la langue ! »

On se regarde tous les trois et puis on sort notre langue. « Si ça ne tenait qu'à moi, je vous les ferais raccourcir parce que je les trouve bien pendues… »

Mariuccia rentre la sienne et met ses mains devant sa bouche. « Mais le règlement l'interdit… » Le camarade Maurizio feuillette son cahier. « C'est écrit là. Vous savez lire ? Non ? Dommage, vous auriez pu vérifier par vous-mêmes. Comité pour la sécurité des enfants, article cent trois : interdiction de couper la langue des enfants… » Il se remet à rigoler. Puis il tourne le cahier vers nous pour nous montrer que la page est blanche. « Le camarade Maurizio, il aime bien faire des blagues ! dit Tommasino, qui retrouve du courage.

— Bravo, c'est exactement ça ! répond le camarade Maurizio. Et j'aime bien aussi faire autre chose… Restez immobiles cinq minutes. »

Il se met à dessiner au crayon sur la page blanche. Il nous regarde et continue, puis il s'arrête, nous reregarde et dessine encore. Après, il arrache la feuille et nous la montre. On reste bouche bée de surprise : il y a nos figures, tout craché. Puis il donne le dessin à Tommasino, qui le range dans sa poche.

Deux demoiselles qui portent un tablier et des gants arrivent du fond du couloir et nous demandent d'enlever nos vêtements. Tous les trois, on a envie de pleurer. Tommasino parce qu'il a peur qu'elles lui piquent ses vieilles chaussures trouées, Mariuccia parce qu'elle a honte de faire ça devant tout le monde, moi parce que je me demande si je ne porte pas une chaussette en bon état et l'autre rapiécée. Alors je vais voir une des demoiselles et je lui dis que je ne peux pas me déshabiller parce que j'ai froid, et mes deux copains aussi.

Heureusement, Maddalena arrive. « On va jouer à un jeu, d'accord ? elle dit. Un nouveau jeu, mais pour ça vous devez enlever vos habits. Après, on vous en donnera d'autres tout neufs, plus beaux et plus chauds.

— Et des chaussures aussi ? je fais.

— Des chaussures neuves pour tout le monde ! » elle confirme en rangeant ses cheveux derrière son oreille. On se déshabille lentement, puis Maddalena nous emmène dans une salle avec des tuyaux qui crachent de l'eau depuis le plafond. C'est une espèce de pluie, mais chaude. Je me mets sous le tuyau et toutes les gouttes me tombent dessus. Je garde les yeux bien fermés parce que j'ai peur de me noyer. Maddalena s'approche avec une éponge et me couvre de mousse blanche qui sent bon. Elle me lave les cheveux, les bras, les jambes, les pieds. Elle fait glisser le savon sur tout mon corps comme une caresse. Maman ne me fait jamais de caresses. Quand je rouvre les yeux, Tommasino m'éclabousse et Mariuccia donne des coups de pied dans une flaque grise.

Maddalena les savonne et les rince eux aussi, puis elle nous enroule chacun dans un drap blanc et rugueux et elle nous fait asseoir sur des bancs en bois à côté d'autres gosses déjà lavés. Après, une dame communiste arrive avec une corbeille remplie de petites couronnes de pain et nous en donne une à chacun. Elle dit que c'est de la part du docteur qui doit nous ausculter. Moi, des docteurs, je n'en ai jamais vu et je ne veux pas en voir, mais en attendant je mange le pain, je ferme les yeux et l'odeur du savon entre très fort dans mon nez.

6

Les rails de la piazza Garibaldi sont couverts de décombres et beaucoup de trains ont été détruits par les bombardements. C'est comme les soldats que j'ai vus une fois au défilé, avec les drapeaux à la main : aucun n'était entier, il y en avait à qui il manquait un bras, d'autres un pied, d'autres un œil. Les trains tout cassés ressemblent à des rescapés de la guerre, ils sont blessés mais pas encore morts.

Par contre, ceux qui sont restés entiers sont très longs. On en voit le début mais pas la fin. Maddalena a promis que nos mamans viendront nous dire au revoir avant le départ, mais à mon avis, quand elles nous verront, elles ne nous reconnaîtront pas. Heureusement qu'on a nos numéros accrochés sur nos manteaux, sinon elles vont nous prendre pour des enfants du Nord, et quand le train partira elles ne nous diront même pas « que la Vierge t'accompagne ».

Ils ont coupé les cheveux à tous les garçons, ils leur ont donné un short, des chaussettes en laine, un tricot de peau, une chemise et un manteau. Moi, ils m'ont laissé les cheveux pareils qu'avant parce qu'ils étaient déjà très courts. Les filles, ils leur ont fait des tresses avec des rubans roses et verts, ils leur ont mis une robe ou une jupe et par-dessus un manteau, à elles aussi. Et puis les chaussures. Chacun a reçu une paire de chaussures. Quand ça a été mon tour, il n'y avait plus ma pointure. Alors on m'a donné des chaussures marron toutes neuves, brillantes, avec des lacets, mais trop petites. « Comment elles te vont ? Tu te sens bien ? » J'ai fait quelques pas et j'étais à l'étroit. « Bien, bien ! Elles me vont très bien ! » j'ai dit, parce que j'avais peur qu'ils me les reprennent, et je les ai gardées.

Dans la queue devant le quai, ils nous ont fait des recommandations : ne salissez pas, ne criez pas, n'ouvrez pas les fenêtres, ne vous coursez pas, ne vous cachez pas, ne volez rien dans le train, n'échangez pas vos chaussures, ne défaites pas vos tresses. Puis, comme on avait de nouveau faim, après le pain ils nous ont donné deux morceaux de fromage. Mais pas d'autre chocolat. Le train n'était pas encore là et tout le monde était curieux. Moi, pour faire mon intéressant, j'ai dit que mon père aussi il l'avait pris quand il était parti en Amérique. Et s'il avait attendu que je sois né, on aurait pu partir ensemble. Mariuccia a répondu que c'est pas avec le train qu'on va en Amérique, mais avec le bateau. Je lui ai dit : « Qu'est-ce que t'en sais toi de l'Amérique, ton père il y est allé peut-être ? » Et elle a dit : « Débile, tout le monde le sait que l'Amérique c'est après la mer. » Mariuccia est plus grande que moi et elle raconte qu'elle était forte à l'école, avant que sa mère ait la mauvaise idée de mourir et de laisser ses frères et elle tout seuls avec leur père savetier. Si la Jacasse était là, je pourrais lui demander si pour de vrai l'Amérique c'est de l'autre côté de la mer. Sauf qu'elle n'est pas là, et ma maman Antonietta non plus, mais elle, elle n'est pas au courant de tout parce que savoir c'est pas trop sa spécialité. Je vois le communiste blond qui se disputait avec ses camarades dans l'immeuble de la via Medina. Il aide Maddalena à nous compter, il n'a pas l'air si triste que ça quand il est à côté d'elle. Peut-être que finalement Maddalena a trouvé la solution à la question méridionale qui le tracassait tant.

De loin, le train ressemble à celui que j'ai vu dans le magasin de jouets du Rettifilo. Au fur et à mesure qu'il approche, il est de plus en plus grand et puis il devient énorme. Tommasino se cache derrière moi parce qu'il a peur. Il ne se rend pas compte que moi aussi j'ai peur. Les demoiselles vérifient les numéros sur nos manteaux et lisent nos noms sur une liste. « Amerigo Speranza », dit l'une d'elles quand c'est mon tour. Je monte trois marches en fer et je me retrouve dans le train. Il y fait humide et ça pue le renfermé, comme dans le *basso* de la Jacasse. De dehors il avait l'air drôlement grand alors que dedans c'est petit et pas pratique. On dirait plein de cagibis mis en rangs, qui s'ouvrent et se ferment avec des poignées en fer. Une fois là, je me rends compte que tout est allé si vite que même si je voulais je ne peux plus faire machine arrière. Je pense à maman qui doit déjà être rentrée à notre *basso* et je me sens triste dans mon ventre. Mariuccia et Tommasino montent après moi. À leur figure, ça se voit qu'eux aussi ils se disent « Sainte Vierge pourquoi j'ai fait ça ? ». Les demoiselles continuent de faire l'appel et petit à petit le train se remplit. On se lève, on s'assoit, on court dans les couloirs, il y en a qui ont faim, d'autres soif. À un moment donné, le camarade Maurizio, celui qui voulait nous couper la langue et qui a dessiné notre portrait, entre dans notre compartiment : « Chut, chut, asseyez-vous, le voyage va être long. » Mais nous on continue à faire comme ça nous chante, et du coup le camarade Maurizio arrête de rigoler, je pense que lui aussi il en a ras-le-bol et que maintenant ils vont tout reprendre : le train, les chaussures, les manteaux. On n'a pas su les mériter. On ne mérite rien, la Royale a raison. Je m'assois sur le siège en bois, je colle ma tête contre la cloison tachée du wagon et j'ai les yeux qui piquent à cause de l'odeur de renfermé, du siège en bois, de la vitre sale et parce que je pense à maman.

Puis Mariuccia et Tommasino m'appellent : « Amerigo, Ameri' ! Viens vite, regarde par la fenêtre ! »

Je me lève pour les rejoindre. Je glisse ma tête entre celles des autres gosses, qui tendent les bras dehors pour toucher les mains de leurs mamans. Tommasino se pousse un peu et comme ça j'arrive à voir la mienne. Elle a l'air plus petite, au milieu des autres. Le train n'a pas encore bougé, mais elle est déjà loin. À côté d'elle il y a la Jacasse, qui est venue me dire au revoir alors que ce matin elle devait aller à la messe pour quelqu'un de sa famille qui est mort.

Maman me fait passer une pomme par la fenêtre. Petite, rouge, ronde. Une pomme Annurca. Je la garde dans la poche de mon pantalon. Je ne crois pas que je la mangerai, tellement elle est belle. On dirait un cœur rouge, comme celui que j'ai vu dans la chapelle du prince di Sangro, où j'ai été une fois en cachette avec Tommasino. La Jacasse m'avait raconté que là-dedans il y avait des squelettes avec leurs os, leur sang, leur cœur et tout et tout. Tommasino ne voulait pas venir, il avait peur que les morts nous attrapent. Mais la Jacasse dit toujours qu'il faut avoir peur des vivants, pas des morts. Alors on a allumé une bougie et, quand on est entrés dans la chapelle toute sombre, on est tombés sur des statues qui n'avaient pas l'air d'être en pierre mais de chair et de sang. Le Jésus en marbre qui dormait pouvait se réveiller d'un instant à l'autre tellement son drap en pierre était léger. Je marchais au milieu des statues avec le cœur qui me battait dans les tempes, et je les ai enfin vus. Les deux squelettes étaient debout, comme s'ils venaient de sortir de leur peau. Ils avaient le crâne tout lisse et brillant, un sourire sans dents, les os emmêlés dans un tas de veines rouges et noires. Au milieu il y avait leur cœur, rond et rouge comme une pomme Annurca. La bougie m'a échappé des mains et on s'est retrouvés dans le noir. On tournait en rond en appelant au secours, personne ne répondait. Finalement, je ne sais pas comment, Tommasino a trouvé la sortie. C'est lui qui avait raison : les vivants font peur, mais les morts c'est du sérieux. Quand on est ressortis il faisait nuit, mais c'était rien à côté du noir de la chapelle. Parfois j'en rêve encore, des squelettes du prince di Sangro.

Je regarde maman par la fenêtre. Elle se serre dans son châle, en silence. Le silence, c'est sa spécialité. Puis le train se met à hurler, plus fort que la maîtresse au menton pointu la fois où elle a trouvé le cafard mort qu'on avait caché sous son abécédaire. Les mamans sur le quai agitent leurs bras en avant et en arrière, je crois que c'est pour nous dire au revoir. En fait, non.

Tous les gosses enlèvent leurs manteaux et les jettent par la fenêtre pour les donner à leurs mamans, Mariuccia et Tommasino aussi. Je leur dis : « Mais qu'est-ce que vous trafiquez ? Après, en Haute-Italie, vous allez vous les cailler. »

Tommasino répond : « C'était le pacte : les enfants qui partent laissent leurs manteaux à leurs frères qui restent parce qu'en Haute-Italie l'hiver est froid, mais ici aussi quand même.

— Et nous ? je dis.

— Nous, les communistes nous en donneront un autre, de toute façon ils sont riches, ils peuvent se le permettre », dit Mariuccia en lançant son manteau à son père qui l'enfile illico à un de ses frères orphelins plus jeune.

Je ne sais pas quoi faire. Mon grand frère Luigi, ça aurait pu lui servir avant, plus maintenant. Puis je me dis que maman peut toujours le retourner pour s'en faire une veste plus chaude. Alors j'enlève mon manteau et je le lui jette. Par contre la pomme, je la garde. Ma maman Antonietta attrape le manteau au vol et me regarde. J'ai l'impression qu'elle sourit.

On entend les demoiselles crier dans les compartiments d'à côté. Je reste à la fenêtre pour voir ce qui se passe. Le chef de gare fait des allées et venues sans savoir sur quel pied danser : interrompre le départ pour reprendre les manteaux, nous faire tous descendre à cause de cette histoire… Le camarade Maurizio va lui parler et finalement ils décident qu'ils ajouteront un autre wagon pour le chauffage, ça fera augmenter la température.

Et alors que les demoiselles braillent, que les mamans se carapatent avec les manteaux sous le bras et que nous on rigole dans le train, le chef de gare lève la palette de départ et la locomotive se met en mouvement. Tout doucement au début, puis un peu plus vite. Ma maman Antonietta reste dans un coin de la gare qui s'éloigne de plus en plus, les bras croisés sur mon manteau. Comme si elle me tenait serré contre elle sous les bombardements.

7

« Et maintenant qu'on a plus de manteaux, comment ils vont nous reconnaître ? s'inquiète Mariuccia.

— À nos têtes, non ? répond Tommasino.

— Qu'est-ce qu'ils en savent les communistes de qui je suis moi et de qui tu es toi ? Pour eux on est tous pareils, comme les Américains noirs pour nous. On est tous des crève-la-faim, comment tu veux qu'ils fassent la différence ?

— À mon avis, ils ont fait exprès, déclare un enfant avec les cheveux jaunes à qui il manque trois dents. C'est eux qui ont dit à nos mamans de reprendre nos manteaux, comme ça quand on arrivera en Russie elles pourront plus nous retrouver.

— Et même qu'on va se les cailler », ajoute un petit brun à côté de lui.

Au bord des larmes, Mariuccia me regarde pour savoir si c'est vrai.

« Vous le savez, vous, qu'en Russie ils mangent des enfants au petit déjeuner ? continue le blond sans dents en se tournant vers Mariuccia, qui se met à trembler.

— Ben alors toi, ils vont te renvoyer, je réplique, parce que t'as que la peau sur les os… Et puis qui vous a raconté qu'on doit aller en Russie ? Moi, j'ai entendu dire dans le Nord. »

Mariuccia a l'air plus tranquille, mais celui avec les cheveux en paille continue. « Ils ont dit Haute-Italie pour convaincre nos mamans. La vérité, c'est qu'ils nous emmènent en Sibérie et qu'ils vont nous mettre dans des maisons en glace, avec des lits en glace, des tables en glace, un canapé en glace… »

Les larmes de Mariuccia tombent sur sa robe neuve.

« Ben alors ça veut dire qu'on va se manger un bon granité ! Toi, tu préfères quel parfum, Mariuccia ? Citron ou café ? » je demande.

Le camarade Maurizio entre dans le compartiment avec un type grand et maigre qui porte des lunettes. Tous les enfants se fichent de lui : binoclard, quatre z'yeux, têtard-à-lunettes ! « Silence, les enfants ! Est-ce que vous savez que si vous êtes dans ce train c'est grâce à ce monsieur ? nous gronde le camarade Maurizio.

— Lui, là ? C'est qui ? fait le petit brun.

— Je m'appelle Gaetano Macchiaroli et mon travail c'est de m'occuper de livres », dit Têtard-à-Lunettes avec une belle voix tout en italien. Nous on se tait, on dirait vraiment qu'on nous a coupé la langue. « Avec mes camarades, j'ai organisé cette belle initiative rien que pour vous…

— Pourquoi ? Qu'est-ce que vous y gagnez ? Vous êtes pas notre père ou notre mère, répond le petit brun, le seul qui ne semble pas impressionné.

— Quand cela est nécessaire, nous sommes tous le père et la mère de ceux qui en ont besoin. C'est pourquoi nous vous conduisons chez des gens qui prendront soin de vous et vous traiteront comme leurs propres enfants, pour votre bien.

— Mais alors, ils vont nous couper les cheveux rasibus ? » je demande à voix basse.

Le binoclard n'entend pas et il agite les deux mains pour nous saluer. « Bon voyage, les enfants. Soyez sages et amusez-vous bien. »

Le type grand et maigre sort, on ne moufte pas.

Le camarade Maurizio s'assoit avec nous et ouvre le cahier qu'il tient à la main. « Comme vous avez voulu "offrir" à vos mamans les manteaux où étaient inscrits votre prénom et votre nom – il nous regarde à tour de rôle dans les yeux –, maintenant il faut de nouveau vous identifier. Là, il y a la liste de tous les enfants, wagon par wagon », et il nous demande nos nom, prénom, noms du père et de la mère. On répond à tour de rôle et on se retrouve avec un nouveau carton où il y a notre numéro. Quand c'est le tour du blond sans dents, le camarade Maurizio lui demande deux, trois fois son prénom, et le blond ne répond pas. Il fait semblant d'être sourd et muet. Maurizio essaie de l'appeler par tous les prénoms pour voir s'il réagit : Pasquale, Giuseppe, Antonio, mais rien, alors au bout d'un moment il en a marre et il passe au compartiment d'à côté. « Pourquoi tu as fait le sourd-muet ? dit Tommasino. Tu l'as rendu fou, le pauvre ! » Le blond fait un sourire méchant.

« J'aurais été bien bête de lui donner mon nom ! » Et il tape avec sa main au creux de son autre coude.

« Mais comment ils vont faire pour te reconnaître ? T'as pas peur qu'ils te rendent pas à ta maman ? s'inquiète Mariuccia.

— Ma maman, répond le blond, elle m'a appris que nous les contrebandiers, notre nom, celui de nos parents et où on habite, on doit jamais le dire, même pas avec un couteau sous la gorge. Et surtout pas à la flicaille ! »

Le blond prend un air supérieur. On reste tous silencieux, et lui aussi, parce qu'à mon avis maintenant il a peur que comme il a fait le mariole, personne ne sache à qui le donner quand on reviendra. Au bout d'un moment, une demoiselle que je n'avais pas encore vue entre et vient s'asseoir, elle aussi avec la liste à la main, et elle recommence. Quand mon tour arrive, elle me demande comment je m'appelle.

« Amerigo Speranza.

— Âge ?

— Sept ans, presque huit.

— Noms de ton père et de ta mère ?

— Speranza Antonietta.

— Et ton père, comment il s'appelle, qu'est-ce qu'il fait comme travail ?

— Je sais pas, je réponds, gêné.

— Tu sais pas quel travail fait ton père ? elle demande.

— Je sais pas si j'ai un père ou pas. Il y en a qui disent que oui, d'autres que non. Ma maman

Antonietta dit qu'il est parti, la Royale dit qu'il a foutu le camp…

— On écrit disparu, alors ?

— On peut laisser vide ? Comme ça quand il reviendra, on pourra l'ajouter. »

La demoiselle ne répond pas, elle lève son stylo et passe à la ligne d'après. « Suivant. »

8

Le voyage est long. Je n'entends plus les cris, les pleurs et les rires du départ. Je n'entends que le train, qui fait toujours le même bruit, et je ne sens que l'odeur d'humidité et de vieux, comme dans la chapelle avec les squelettes vivants. Je regarde par la fenêtre, je pense à ma place dans le lit de maman, au café de Forte-Tête caché dessous. Je pense aux rues où je me baladais toute la journée pour récupérer les chiffons, sous le soleil et sous la pluie. Je pense à la Royale qui à cette heure est couchée dans son *basso* avec l'image du roi moustachu sur sa table de chevet. Je pense à la Jacasse et j'ai l'impression de sentir l'odeur de ses omelettes aux oignons. Je pense aux ruelles où j'habitais, plus courtes et plus étroites que ce train. Je pense à mon père qui s'en est allé en Amérique, je pense à mon grand frère Luigi qui s'en est allé à cause de l'asthme bronchique et qui m'a laissé partir tout seul.

Parfois, ma tête tombe sur mon épaule, mes yeux se ferment et mes pensées s'embrouillent. Autour de moi, presque tout le monde dort. Je regarde encore dehors. Je vois la lune qui court au-dessus des champs, comme si elle jouait à chat avec le train. Je me mets en boule sur le siège, les bras autour des genoux. Les larmes, chaudes et collantes, coulent sur mes joues, entrent dans ma bouche, elles sont salées et gâchent le souvenir du goût du chocolat. En face de moi, Tommasino dort bien tranquillement. Lui qui a la trouille de son ombre ! Alors que moi, qui ai été dans les égouts pour attraper les rats, j'espère que le train va s'arrêter là maintenant et qu'ils vont nous faire revenir chez nous. Je veux seulement la voix de maman qui me dit : « Ameri', viens, rentre à la maison ! »

Juste au moment où je m'endors, un bruit me hérisse le poil, on dirait des ongles qui griffent le fond d'une casserole. Le train s'arrête brusquement et on tombe tous en avant, les uns sur les autres. Je me retrouve face contre terre et Mariuccia, qui dormait, se met à pleurer, parce qu'elle a peur d'avoir déchiré sa nouvelle robe.

« Il a eu son permis dans une pochette-surprise, celui-là ? fait le blond.

— Qu'est-ce qui se passe ? On est arrivés ? demande Tommasino, encore à moitié endormi.

— C'est pas possible, répond le petit brun, ma maman m'a dit qu'on doit rouler toute la nuit et même demain. »

Les lumières s'éteignent, on reste dans le noir. On entend un cri plus loin, peut-être que quelqu'un se fait taper dessus. Après il y a un très long silencc, puis une voix, c'est peut-être le blond, ou un autre qui profite de la situation pour le plaisir de nous faire mourir de trouille : « Vous allez voir que maintenant ils vont nous jeter du train et puis ils vont nous laisser là, dans la nuit.

— À mon avis le train est tombé en panne », je dis pour rassurer Mariuccia, et moi aussi. En vrai, je pense que les fascistes ont posé des explosifs sur les rails pour nous faire sauter, comme disait la Royale. Mariuccia ne se calme pas, au contraire elle se remet à pleurer. « Ou on va mourir de froid ou alors de faim », dit une autre voix.

Je me bouche les oreilles, je ferme les yeux et j'attends l'explosion, mais il ne se passe rien. Peut-être que Maddalena a réussi à enlever les explosifs, c'est pour ça qu'elle a une médaille en bronze : elle a sauvé le pont de la Sanità. Dans le noir, j'ai l'impression de sentir les doigts des squelettes du prince di Sangro sur mon cou, froids et crochus. Alors j'ouvre les yeux et je me débouche les oreilles. La porte du compartiment s'ouvre grand, personne ne parle, personne ne respire, il n'y en a pas un qui bouge.

« Qui a tiré la sonnette d'alarme ? » La lumière revient. Maddalena est très très sérieuse, une ride d'énervement coupe son front en deux. « Le train, ce n'est pas un jouet », elle dit, et elle regarde le blond, qui se met à bouder. À mon avis, il regrette un peu de ne pas avoir donné son prénom parce que maintenant on l'accuse pour tout et n'importe quoi. Bien fait pour lui.

« C'est pas nous ! dit Tommasino, et comme ça, il innocente aussi le contrebandier sans dents.

— On dormait, fait Mariuccia, qui a arrêté de pleurer, vu que sa robe n'est pas déchirée.

— Peu importe qui c'est, réplique Maddalena. Vous devez garder vos mains dans vos poches et ne toucher à rien, sinon demain vous passerez la journée au poste de police.

— C'est laquelle, la poignée qui arrête le train ? La rouge ? demande le blond avec un air de petit malin.

— Je serais bien bête de te le dire ! » répond Maddalena. Il comprend et se tait. « De toute façon, maintenant je reste là pour vous surveiller, ça évitera d'autres arrêts imprévus ! »

Maddalena s'assoit dans un coin et, au bout d'un moment, elle retrouve le sourire. Elle n'est jamais en colère trop longtemps. C'est peut-être pour ça qu'elle a reçu une médaille.

9

Tout le monde dort, sauf moi. Je n'aime pas le silence. Dans ma ruelle, c'est toujours midi, même la nuit : la vie ne s'arrête jamais, malgré qu'il y a eu la guerre. Je regarde par la fenêtre et je ne vois que des ruines. Des tanks renversés, des avions détruits, des immeubles à moitié écroulés. Des débris partout. Je me sens triste dans mon ventre. Comme la fois où ma maman Antonietta m'a chanté une chanson qui disait : « *Ninnao ninnao, questo bimbo a chi lo do*[1]… » et ça m'a fait passer l'envie de dormir parce que cet enfant d'abord ils le donnaient à l'homme noir qui le gardait une année entière mais après l'homme noir non plus n'en voulait plus, alors il le refilait à quelqu'un d'autre qui l'offrait à une autre personne et puis en fin de compte on ne comprenait pas ce qu'il devenait.

De temps en temps le train s'arrête, d'autres enfants montent et pendant un moment les cris, les pleurs et les rires recommencent. Puis le silence

1. Début d'une berçeuse italienne : « *Ninnao ninnao*, cet enfant, à qui je vais le donner… »

revient et il ne reste que le bruit du train et la tristesse dans mon ventre. Quand je sentais la tristesse arriver, j'allais toujours chez la Jacasse. Avant de partir, j'ai caché ma boîte à trésors, qui est une vieille boîte à couture que ma maman Antonietta m'a donnée, sous un carreau de chez elle. La Royale raconte que c'est là que la Jacasse cache ses sous. À mon avis, elle dit ça parce qu'elle est jalouse.

Tommasino s'est rendormi. Il gigote dans son sommeil, il ouvre les yeux toutes les cinq minutes, donne des coups de pied dans le vide, marmonne des mots incompréhensibles puis referme les yeux. Il rêve. La carriole de fruits de Tête-Blanche, les fours des communistes, la rouste de sa maman à cause de l'histoire des rats, sûrement des trucs comme ça. En tout cas, il a bien de la chance de dormir. C'est mieux de faire des mauvais rêves que des cauchemars les yeux ouverts. La Jacasse dit que quand le sommeil ne vient pas, il ne faut pas le chercher. Alors je me lève et je sors. Je fais des allers-retours dans le couloir et je jette un œil dans les autres compartiments. Plein de figures de gosses les unes sur les autres. Ils dorment tranquillement, comme s'ils étaient chez eux. Je pense à ma maman Antonietta. Le soir, au lit, je collais mes pieds froids contre sa cuisse. Elle s'énervait : « Tu me prends pour ton radiateur ? Enlève-moi ces bouts de morue de là ! » Mais après, elle m'attrapait les pieds et les réchauffait entre ses mains, orteil par orteil. Et je m'endormais, mes doigts de pied au chaud entre ses doigts de main.

Je retraverse le couloir pour revenir à ma place. Je n'entre pas. Il y a un petit siège dans le couloir, je m'y assois et colle mon front à la vitre. Dehors, il fait nuit, on n'y voit rien. Je me demande où on est, à quel point on est loin de chez nous et loin de là où on doit aller, on ne sait même pas où. La vitre est humide, elle me mouille la figure. Tant mieux, comme ça si je pleure personne ne s'en apercevra. C'est sans compter avec Maddalena, qui s'approche et me câline. Peut-être que le sommeil n'a pas voulu aller la voir non plus.

« Pourquoi tu pleures ? Ta maman te manque ? »

J'essuie mes larmes mais je me garde les câlins. « Non non, pas du tout, je pleure pas à cause de maman. C'est mes chaussures. Elles sont trop petites.

— Pourquoi tu ne les enlèves pas, maintenant qu'il fait nuit ? Tu seras plus à l'aise, le trajet est très long.

— Merci m'dame, mais j'ai peur que les autres me les fauchent et qu'après je doive encore me balader pieds nus ou avec les chaussures de quelqu'un d'autre. Et moi, je veux plus marcher avec les chaussures des autres. »

10

Soudain, dans la nuit, une lumière me brûle les yeux. Le train est sorti du tunnel et une grosse lune éclaire tout en blanc. La route, les arbres, les montagnes, les maisons. On dirait qu'il pleut de la mie de pain. « La neige ! je m'exclame pour me convaincre. La neige, la neige ! » je répète de plus en plus fort. Mais dans mon compartiment personne ne se réveille. Même pas celui avec les cheveux jaunes qui avait dit qu'ils nous emmenaient au milieu des maisons en glace. Je voudrais le voir, maintenant, avec ses histoires de Russie ! Je recolle ma tête à la fenêtre et je suis du regard la mie de pain qui tombe tout doucement. Et comme ça mes yeux se ferment enfin.

« De la ricotta… De la ricotta ! »

Mariuccia vient me réveiller en criant : « Amerigo ! Ameri'… Arrête de roupiller, il y a plein de ricotta par terre ! Sur la route, dans les arbres, sur les montagnes ! Il pleut de la ricotta ! »

La nuit est terminée, un peu de soleil entre par les fenêtres.

« Mariu', c'est pas de la ricotta ou du provolone ! C'est de la neige.

— De la neige ?

— C'est de l'eau gelée…

— Comme celle qu'on va acheter à la carriole de don Mimi' ?

— À peu près, mais sans sirop de griotte dedans. »

Mes yeux se ferment de sommeil. Il fait très froid dans le train. Tous les gosses regardent le blanc par la fenêtre sans piper mot, bouche bée.

« Vous n'en aviez jamais vu ? » demande Maddalena.

Mariuccia fait non de la tête, penaude d'avoir pris la neige pour de la ricotta. Pendant un moment on ne dit rien, c'est comme si la neige nous avait tartinés de silence nous aussi.

« M'dame, finit par dire le blond sans dents, quand on arrivera, on nous donnera à manger ? Je crève de faim, pire que chez moi… »

Maddalena sourit. C'est sa façon de répondre aux questions. D'abord elle sourit et après elle parle. « Nos camarades du nord de l'Italie nous attendent pour faire une grande fête, avec des banderoles, une fanfare et plein de choses à manger.

— Alors ça veut dire qu'ils sont contents qu'on monte chez eux ? je demande.

— Ils ont pas été obligés ? » renchérit Mariuccia.

Maddalena dit que non, ils sont vraiment contents.

« Ils sont contents qu'on vienne manger leur nourriture ? demande le blond, qui n'arrive pas à y croire. Mais pourquoi ?

— Pour la so-li-da-ri-té, répond Maddalena.

— C'est comme la di-gni-té ? » je demande en faisant la même tête que la Royale mais sans postillonner entre mes dents.

Maddalena explique que la solidarité c'est comme une dignité mais pour les autres. « Si aujourd'hui j'ai deux saucissons, je t'en donne un, comme ça si demain tu as deux morceaux de fromage, tu m'en donneras un. »

Ce qui est bien, à mon avis. Mais je me dis aussi que si aujourd'hui les gens de la Haute-Italie ont deux saucissons et qu'ils m'en donnent un, comment je fais moi pour leur donner un bout de fromage demain alors que jusqu'à hier je n'avais même pas de chaussures ?

« J'ai goûté du saucisson une fois, dit Tommasino, et il se lèche les babines rien qu'à y penser. C'est un charcutier de Foria qui m'en avait donné…

— C'est vraiment lui qui a décidé de t'en donner ? » demande Mariuccia en donnant un coup de coude à Tommasino et en imitant le geste du chapardeur.

Tommasino ricane et change de sujet, je connais la bestiole. Maddalena n'a pas entendu parce que les autres gosses se sont remis à brailler. Je me faufile moi aussi jusqu'à la vitre et je la vois, derrière la plage couverte de neige. Au début, je ne la reconnais même pas tellement elle est différente : plate, immobile et grise comme un chat.

« Vous n'aviez jamais vu la mer non plus ? s'étonne Maddalena. Pourtant, vous la connaissez forcément !

— Ma maman Antonietta dit que la mer ça sert à rien à part à nous faire attraper le choléra et à nous affaiblir les bronches.

— C'est vrai, m'dame ? demande Mariuccia, qui doute toujours de ce qu'on raconte.

— La mer, ça sert à se baigner, à nager, à plonger, à s'amuser…

— Et ils nous feront plonger nous aussi, les communistes de la Haute-Italie ? se renseigne Mariuccia.

— Tout à fait ! Mais pas maintenant, maintenant elle est froide. À la belle saison.

— Je sais pas nager, avoue Tommasino.

— Comment ça ? je me moque. Tu devais aller en vacances à Ischia, je te rappelle ! »

Il croise les bras et détourne la tête.

« S'ils nous amènent à la mer, c'est pour nous noyer, affirme le blond, mais d'après moi il n'y croit pas lui-même, il dit ça juste pour faire pleurer Mariuccia.

— Ce ne sont que des racontars, coupe court Maddalena. Il ne faut pas les écouter…

— Pardon, mais vous, vous les avez gardés, vos enfants ? » insiste l'autre.

Pour la première fois depuis que je la connais, Maddalena a l'air triste.

« Quels enfants ? je la défends. Elle est pas encore mariée !

— Oui mais sinon, continue le blond, vous les auriez fait monter dans le train ou pas ?

— T'as vraiment rien compris ! je réplique. Le train, c'est pour les gosses dans le besoin, pas pour ceux qui ont ce qu'il faut, sinon elle serait où la solidarité ? »

Maddalena hoche la tête et reste silencieuse.

« Dites-moi la vérité, demande Mariuccia, l'air espiègle, ce jeune homme blond qui vous aidait à compter les gosses à la gare de Naples… c'est votre amoureux ?

— Quel amoureux ? j'interviens de nouveau pour voler au secours de Maddalena. Il est communiste lui aussi, je l'ai vu à la section avant qu'on parte…

— Et alors ? Les communistes, ils peuvent pas tomber amoureux, peut-être ? insiste Mariuccia.

— Jamais de la vie ! Ce type il a une question méridionale à régler, il a autre chose à faire que penser à l'amour…

— L'amour a plein de visages, pas seulement celui que vous imaginez, déclare Maddalena. Par exemple, être dans ce train au milieu de toutes ces petites pestes déchaînées, c'est pas de l'amour, peut-être ? Et vos mamans qui vous ont fait monter dans ce train pour partir loin, à Bologne, Rimini, Modène… c'est de l'amour.

— Pourquoi ? Ceux qui se débarrassent de toi ils t'aiment ?

— Ameri', parfois ceux qui te laissent partir t'aiment plus que ceux qui te retiennent. »

Même si je ne comprends pas ce qu'elle veut dire, je me tais. Maddalena quitte notre compartiment pour aller voir les autres gosses. Tommasino, Mariuccia et moi on se met à jouer à pierre-papier-ciseaux pour passer le temps. Et finalement, au bout d'un long moment, le train ralentit puis s'arrête. Les demoiselles nous disent d'attendre notre tour de sortir en silence, et sagement, et de ne pas nous éloigner quand on sera descendus, sinon on va se perdre et après comment on va faire la solidarité si chacun part de son côté ?

À la gare, il y a une fanfare avec des musiciens et une banderole blanche qui dit : « Bienvenue, enfants du Sud », comme nous le lit une des demoiselles. Ils sont là pour nous attendre, nous. On dirait la fête de la Madonna dell'Arco, mais sans les gosses habillés en blanc qui se jettent par terre en criant : « La Maronna dell'Arco ! »

Les musiciens jouent une musique que les demoiselles du train ont l'air de connaître, parce que toutes les deux secondes elles crient : *« bella ciao ciao ciao »*. À la fin de la chanson, ils lèvent tous le poing vers le ciel, qui est gris et plein de nuages longs et fins. Mariuccia et Tommasino pensent qu'ils montrent leurs poings parce qu'ils s'engueulent. Alors je leur explique qu'ils font le salut communiste, que je connais par la Jacasse, et le salut communiste c'est différent du salut fasciste, que je connais par la Royale. Quand elles se croisaient dans la ruelle, la Jacasse et la Royale faisaient chacune son salut et on aurait dit qu'elles jouaient à pierre-feuille-ciseaux.

Je suis à côté de Mariuccia dans la queue et Tommasino est derrière, il donne la main à un autre gosse un peu plus grand. On passe au milieu des gens qui agitent des petits drapeaux tricolores : il y en a qui sourient, d'autres qui applaudissent, d'autres qui saluent. Peut-être qu'ils croient qu'on a gagné quelque chose, qu'on est venus en Haute-Italie pour leur rendre service, et pas l'inverse. Quelques messieurs moustachus avec un chapeau tiennent des drapeaux rouges avec un demi-cercle jaune au milieu, ils chantent une chanson que je ne connais pas et de temps en temps ils disent : « inter-na-tio-na-aaa-le ».

Les femmes se mettent elles aussi à chanter, c'est les femmes des moustachus avec un chapeau qui ont apporté les drapeaux rouges avec le petit rond jaune. Cette chanson, par contre, je la connais. C'est avec elle que Maddalena a fait perdre la Royale. C'est la chanson des femmes qui n'ont pas peur, même si c'est des femmes, ou peut-être justement à cause de ça, je ne sais pas trop. Leurs voix sont très fortes, maintenant, et beaucoup d'entre elles ont les larmes aux yeux. Je ne comprends pas bien toutes les paroles, mais ça a sûrement un lien avec les mères et les enfants, d'ailleurs à un moment les demoiselles du train et les communistes de la Haute-Italie nous regardent et nous sourient comme si on était tous leurs enfants.

Ils nous emmènent dans une grande pièce pleine de drapeaux tricolores et de drapeaux rouges. Au milieu, il y a une table très très longue avec à manger en veux-tu en voilà : fromages, jambons, saucissons, pain, pâtes… Alors qu'on va se jeter dessus, une demoiselle nous retient : « Il y en aura pour tout le monde, les enfants. Attendez. Chacun aura une assiette et des couverts, une serviette et un verre pour l'eau. Tant que vous serez ici, vous ne souffrirez pas de la faim. »

Tommasino me donne un coup de coude : « Les communistes qui mangent les enfants, mon œil ! S'ils font pas gaffe, c'est nous qui allons les manger ! »

On penche tous la tête sur notre assiette, on entendrait une mouche voler. Mariuccia, Tommasino et moi on est assis côte à côte. Ils nous ont donné une tranche de jambon rose couvert de taches blanches et des fromages : un tout mou, un dur comme un caillou et un qui pue les pieds. On se regarde sans savoir quoi faire, même si on a la faim au ventre. Heureusement, Maddalena s'approche.

« Qu'est-ce qui se passe ? Vous n'avez plus faim ?

— M'dame, ce serait pas que les gens du Nord ils nous ont donné leurs fonds de placard, par hasard ? Il y a des taches blanches sur le jambon et le fromage est plein de moisi, dit Mariuccia.

— Ils veulent sûrement nous empoisonner, fait le garçon aux cheveux jaunes à qui il manque trois dents.

— Si j'aurais voulu attraper le choléra, j'aurais mangé des moules au port de Naples, sans vouloir vexer personne », ajoute Tommasino.

Maddalena attrape une tranche de jambon avec les taches et la fourre dans sa bouche. Elle dit qu'on doit s'habituer à ces nouvelles spécialités : la mortadelle, le parmesan, le gorgonzola…

Je prends mon courage à deux mains et je goûte un petit morceau de jambon. À ma tête, Mariuccia et Tommasino comprennent que c'est bon, ils goûtent eux aussi et ils ne s'arrêtent plus. On mange tout, même le fromage mou et celui avec le moisi vert, et celui tout dur et salé qui pique la langue.

« Ils ont pas de mozzarella ? s'informe Tommasino.

— Ta mozzarella, tu n'as qu'à aller la chercher à Mondragone[1] ! » se moque Maddalena.

Une demoiselle communiste arrive avec un chariot rempli de coupelles pleines de crème blanche.

« De la ricotta ! De la ricotta ! s'exclame Mariuccia.

— De la neige ! De la neige ! » se moque Tommasino.

Je prends ma cuillère et enfourne une boule de crème blanche. Elle est très froide et elle a un goût de lait et de sucre.

« C'est de la ricotta avec du sucre ! insiste Mariuccia.

— C'est un granité avec du lait ! » dit Tommasino.

Mariuccia mange tout doucement et en laisse un peu dans sa coupelle.

« Qu'est-ce qu'il y a ? Tu n'as pas aimé ta glace ? demande Maddalena.

— Pas trop…, répond Mariuccia, mais ça se voit qu'elle ment.

— Alors on va donner ce que tu as laissé à Tommasino et Amerigo…

— Non ! crie Mariuccia, et elle se met à pleurer. Je voulais en garder pour mes frères pour quand je rentrerai à la maison. Je voulais la cacher dans la poche de ma robe.

— On ne peut pas conserver la glace, ça fond !

— Mais alors si elle fond, comment je peux faire de la solidarité ? »

---

1. Village de la région napolitaine réputé pour la qualité de la mozzarella qu'on y fabrique.

Maddalena sort cinq ou six bonbons de son sac : « Tiens, ça c'est plus pratique pour la solidarité. Tu peux les garder pour tes frères. »

Mariuccia prend les bonbons comme si c'étaient des diamants et les met dans sa poche. Puis elle mange la dernière cuillerée de glace.

11

Les demoiselles communistes nous font asseoir sur de longs bancs. Puis elles passent avec un gros cahier noir, elles lisent le numéro qu'on a sur notre chemise, nous demandent nos nom et prénom et nous l'écrivent dessus. « Annichiarico Maria ? » demande une demoiselle à Mariuccia, qui fait oui de la tête. Elle met une épingle rouge sur sa poitrine et se tourne vers Tommasino : « Saporito Tommaso ?

— Présent ! » il répond, et il se lève. La demoiselle lui refait ses lacets, lui donne l'épingle et s'en va. « Moi je suis Speranza », je la rappelle. Elle se tourne, cherche mon numéro dans son cahier et écrit quelque chose à côté. « Et l'épingle ? je demande avant qu'elle s'éloigne.

— Je n'en ai plus, mais une de mes camarades va venir, ne t'inquiète pas. »

J'attends, j'attends, mais personne ne vient et je commence à m'inquiéter.

C'est là que les familles de Haute-Italie arrivent. « On ne choisit pas ses enfants », dit toujours ma maman Antonietta quand je la fais tourner en bourrique. Ici, c'est tout le contraire. Certains sont venus tous ensemble, avec leurs gosses juste derrière, d'autres sont seuls, des hommes ou des femmes. Les couples de mari et femme sans enfants ont l'air émus, peut-être qu'ils ont l'impression de venir chercher un vrai enfant.

Les gens de Haute-Italie sont plus grands et plus gros que nous et leurs visages sont blancs et roses, à mon avis ils ont mangé trop de jambon avec les taches. Peut-être qu'avec le temps moi aussi je vais devenir comme ça et quand ils me feront rentrer chez moi, grand et gros, ma maman Antonietta me dira : « Ça pousse, la mauvaise herbe ! » Parce que faire des compliments, c'est pas sa spécialité.

La demoiselle au gros cahier noir revient avec un couple du Nord et s'arrête devant une fillette assise à trois places de moi. Elle a les cheveux longs et les yeux bleus, ils la prennent tout de suite. Moi, personne n'est encore venu me voir, peut-être parce que j'ai les cheveux presque rasibus. Le couple du Nord s'en va en tenant la fillette blonde par la main. Après, la demoiselle s'approche d'une femme rondouillarde aux cheveux roux. Elles se déplacent dans la pièce pendant un moment et s'arrêtent devant deux fillettes aux tresses brunes qui sont assises en face de moi. Vu qu'elles se ressemblent, elles doivent être sœurs, et effectivement la dame rousse part avec les deux, en les tenant par la main, une de chaque côté.

Je me serre contre Mariuccia et Tommasino : « On n'a qu'à faire semblant qu'on est frères et sœur, comme ça ils nous prendront tous les trois.

— Ameri', ils sont peut-être du Nord mais ils sont pas aveugles. Tu crois qu'ils voient pas que tu es roux, moi brun et que Mariuccia a les cheveux jaunes comme de la paille ? Comment tu veux qu'on soit frères et sœur ? »

Tommasino a raison, je dis n'importe quoi. Les autres gosses partent avec leurs nouveaux parents et nous on reste là. On ressemble à un corbeau, un renard et un poussin et on ne plaît à personne.

À mesure qu'elle se vide, la pièce devient de plus en plus grande et froide. Chaque bruit, même petit, résonne aussi fort qu'un coup de tonnerre. Je gigote sur le banc et une pétarade m'échappe. Je voudrais disparaître tellement j'ai honte. Mariuccia, Tommasino et moi on n'a plus le courage de dire un mot. Alors on se parle par signes. Tommasino tend son index et son pouce et fait pivoter son poignet : « C'est fichu. » Mariuccia fait monter et descendre ses doigts joints : « Qu'est-ce qu'on est venus faire ici ? » Je hausse les épaules, les paumes vers le ciel : « Qu'est-ce que j'en sais ? » Tommasino hausse les sourcils et tourne sa main vers moi : « T'étais pas Nobel, toi ? » Si si, dans notre ruelle j'étais Nobel, mais ici je ne suis plus personne, voilà ce que je voudrais dire, mais il n'y a pas de geste pour ça alors j'aspire l'air par le nez et je le rejette par la bouche, comme Forte-Tête avec la fumée de sa cigarette.

Maddalena, qui nous regarde de loin, se met elle aussi à parler en langage des signes. Elle pousse l'air avec sa main ouverte : « Attendez un peu ! Ça va venir pour vous aussi ! » Je pense déjà à la tête de ma maman Antonietta quand ils me rendront parce que personne ne m'a pris. « Même en Haute-Italie ils ont compris que tu étais une mauvaise graine ! » elle me dira. Parce que consoler c'est pas sa spécialité non plus.

Enfin un couple s'approche, accompagné par une des demoiselles. Ils s'arrêtent : elle porte un foulard attaché sur ses cheveux, mais dessous on voit qu'ils sont tout noirs, comme ceux de maman. Elle n'est ni grande ni grosse et elle a la peau mate. Elle nous regarde tous les trois. Je me redresse et je lisse mes cheveux sur ma tête. Le manteau de la dame est ouvert et dessous elle porte une robe à fleurs rouges. « Ma maman elle en a une que c'est la même mais elle la porte que quand ça cogne dur », je dis pour essayer de lui plaire. Mais elle, elle ne comprend rien et tourne la tête par à-coups vers la demoiselle, comme la poule que la Royale avait à une époque. « Ma maman… », je répète, mais je ne suis plus aussi sûr de moi. La demoiselle la prend par le bras, lui chuchote quelque chose et l'emmène vers un autre groupe d'enfants.

Tommasino et Mariuccia me regardent, mais je n'ai pas le courage de lever les yeux de mes lacets marron. Avant de partir, je croyais qu'avec des chaussures neuves je pourrais aller où je voudrais. Mais elles me sont trop petites et je reste là. Personne ne veut de moi.

Maddalena nous observe depuis l'autre bout de la salle, puis elle va voir deux demoiselles et nous montre du doigt. Les demoiselles font le tour de la pièce en parlant à droite à gauche. En fin de compte, un mari et une femme tout jeunes et un monsieur avec une moustache poivre et sel viennent vers nous. Le couple sourit à Mariuccia. La dame jeune et blonde tend la main et caresse les cheveux très courts de Mariuccia, elle a l'air triste, comme si c'était sa faute la coupe de Mariuccia. Elle regarde son mari et s'accroupit devant elle : « Ça te dit de venir chez nous ? »

Mariuccia ne sait pas quoi répondre. Je lui donne un coup de coude, parce que si elle ne parle pas, ils vont croire qu'en plus d'avoir les cheveux tout courts, elle est sourde, et personne ne la prendra. Alors elle lève et baisse la tête.

« Comment tu t'appelles ? dit la dame en posant les mains sur ses épaules.

— Maria, dit Mariuccia pour avoir l'air plus italienne, et elle cache ses mains derrière son dos.

— Maria, quel beau prénom ! Tiens, Maria, c'est pour toi ! » Elle lui tend une boîte en fer-blanc avec dedans des biscuits, des bonbons et un bracelet en perles.

Mariuccia reste les mains dans le dos et ne dit rien.

La dame est embêtée. « Tu n'aimes pas les bonbons, Maria ? Prends-les, ils sont pour toi… »

Mariuccia respire un grand coup et dit : « Je peux pas, m'dame. On m'a dit que si je montre mes mains on va me les couper, et après je pourrai plus aider mon père qui est savetier. »

La dame et le monsieur se regardent. Puis la dame prend les mains de Mariuccia derrière son dos et les serre dans les siennes. « N'aie pas peur, ma fille, tes jolies menottes sont en sécurité. »

Dès qu'elle entend « ma fille », Mariuccia tend les mains et prend la boîte. « Merci. Mais pourquoi ces cadeaux, m'dame ? C'est pas ma fête ? »

Le couple plisse les yeux et fronce les sourcils, à mon avis ils n'ont pas compris. Heureusement, Maddalena explique que Mariuccia est habituée à ne recevoir des cadeaux que le jour de sa fête.

Toute gênée, Mariuccia glisse de nouveau sa main dans celle de la jeune dame par crainte qu'elle change d'avis. Mais la dame n'a pas changé d'avis. Au contraire, son cœur a fondu : « Je te ferai tout plein de cadeaux, tu verras ! Tu en oublieras même quand tombe ta fête, ma fille ! »

Je ne comprends pas très bien ce truc de la fête qui tombe, et Mariuccia non plus, qui reste agrippée par sécurité à la main de la gentille dame et ne la lâche plus. À mon avis elle lui rappelle sa pauvre mère paix à son âme. Va savoir. En tout cas, elle nous fait *ciao ciao* et elle s'en va avec elle. Tommasino et moi on reste dans la grande pièce.

Le monsieur avec la moustache poivre et sel qui était arrivé en même temps que le couple s'approche de Tommasino et lui tend la main. « Libero, enchanté ! » il dit comme s'il voulait se moquer de lui. « C'est ça, moi aussi je suis magicien… », marmonne Tommasino, mais il sort sa main et ils se la serrent. Le moustachu n'a pas compris, il continue : « Ce beau jeune homme bronzé a-t-il envie de venir avec moi ?

— Faudra aller au charbon ? se renseigne Tommasino.

— Mais non ! Je suis venu en automobile, elle est garée juste devant.

— Une automobile ? Vous êtes voiturier ?

— Ha ha ! Cet enfant aime plaisanter, je l'ai vu tout de suite. Il en a, de l'humour ! Allez, viens, Gina nous attend. La table est déjà prête avec un plat bien chaud dessus. »

Quand il entend les mots « plat », « table » et « chaud », Tommasino arrête de se poser des questions et il file comme une anguille.

« Au revoir, Ameri', bonne chance !

— À bientôt, Tommasino, porte-toi bien… »

12

Tommasino aussi est parti, je me retrouve tout seul sur le banc en bois avec mes chaussures trop petites, je suis triste dans mon ventre.

Je presse les doigts sur mes yeux pour bloquer mes larmes. Tant que j'étais dans le train, avec tous les autres gosses, et que ça riait, pleurait, courait, je me sentais aussi fort que mon père américain. Quand Tommasino et Mariuccia mouraient de trouille, je faisais le malin, je parlais, je blaguais. J'étais encore Nobel. Maintenant, je me sens comme le jour où j'ai mangé un *tarallo* au saindoux, aux amandes et au poivre à Mergellina : d'un coup j'ai eu mal dans la bouche et je me suis retrouvé avec une dent dans la main. J'ai couru chez ma maman Antonietta, mais elle n'était pas disponible parce qu'elle était enfermée avec Forte-Tête, alors j'ai été chez la Jacasse qui m'a fait asseoir, a préparé de l'eau avec de l'Idrolitina et du citron, qui désinfecte tout, et m'a expliqué qu'à un moment donné les dents tombent les unes après les autres, comme elles ont poussé, et puis elles repoussent toutes neuves.

Voilà, je me sens comme une dent tombée. À ma place, là où j'étais avant, il reste un trou et la nouvelle dent n'est pas là.

Je cherche des yeux la dame avec la robe à fleurs, au cas où elle aurait changé d'avis et serait revenue me chercher. Peut-être qu'elle voulait voir tous les gosses avant de faire son choix. Comme dit toujours la Jacasse quand on va acheter des fruits : « Il ne faut jamais s'arrêter à la première boutique ! » Et chaque fois on faisait le tour de tous les primeurs du quartier pour voir qui avait les produits les plus frais. La Jacasse s'approchait des melons, elle regardait, reniflait, puis elle pressait l'écorce avec son pouce et son index pour voir s'ils étaient bien mûrs. Peut-être qu'on peut faire pareil avec les gosses. Ils veulent nous palper pour voir si on est bons dedans ou si on est des mauvaises graines.

La dame avec la robe à fleurs rouges et son mari ont fait tout le tour de la salle avec la demoiselle qui tient le gros cahier noir, on dirait qu'ils cherchent quelqu'un. Je me remets bien droit sur mon banc mais cette fois je ne dis rien, je retiens même ma respiration. Je la regarde mieux : elle ne ressemble pas à maman. Si je l'ai cru, c'est parce qu'elle ne sourit pas elle non plus. J'ai l'impression qu'ils vont vers la sortie, peut-être qu'ils ont changé d'avis, qu'ils n'ont pas trouvé le fruit qu'ils voulaient. Mais non, la demoiselle avec le gros cahier noir les emmène dans un coin au fond de la pièce et s'arrête devant le blond sans dents. Je n'avais pas vu qu'il était encore là. Je croyais que j'étais le dernier. De loin, je vois la demoiselle s'approcher pour lire le numéro sur la chemise du blond. Il ne la regarde même pas. Il fixe ses ongles, qui sont redevenus aussi noirs qu'avant la douche. Le mari de la dame brune lui dit quelque chose et il ne répond pas. Il baisse et lève la tête, on dirait que c'est lui qui leur rend service, puis il se lève et, avant de les suivre vers la sortie, il se tourne vers moi et rigole avec un air méchant, comme pour dire : « Ils m'ont pris quand même, alors que j'ai même pas donné mon prénom, et toi non. »

Ils se sont bien fait avoir ! Si la Jacasse était là, elle n'aurait pas pris ce melon-là… Mais la vérité, c'est qu'il a raison. Il n'y a que moi qu'ils ont laissé de côté.

À l'autre bout de la pièce, Maddalena parle avec une dame qui porte une jupe grise, un chemisier blanc et un manteau. Ça doit être celle qui renvoie chez eux les enfants en trop, parce qu'elle a sur la poitrine une broche avec le drapeau des communistes et l'air tout sérieux. Ses cheveux sont blonds, mais pas comme ceux de la Jacasse, un jaune plus doux. Maddalena lui touche l'épaule et parle à voix basse. La dame écoute sans bouger, elle ne se tourne même pas quand Maddalena fait un signe dans ma direction. Elle baisse la tête plusieurs fois, comme pour dire oui-oui, d'accord, je m'en occupe. Elles s'approchent toutes les deux. J'arrange ma veste et je me lève.

« Je m'appelle Derna.

— Amerigo Speranza », et je tends la main comme j'ai vu Tommasino faire avec le moustachu poivre et sel. Elle la serre, mais pas trop.

La dame n'a pas tellement le cœur à parler, ça se voit qu'elle est pressée de me ramener chez moi. Maddalena me fait un bisou sur le front et me salue : « Sois sage, Ameri', je te laisse entre de bonnes mains. »

« Allons-y, gamin, il est tard. On va finir par rater le bus », dit la dame, puis elle me prend par le bras et me tire derrière elle. On sort au pas de course, elle et moi, comme deux voleurs qui s'enfuient avant d'être arrêtés par la police. Après, on marche côte à côte, on a le même pas, ni rapide ni lent, et on arrive devant la gare, sur une grande place en brique rouge et pleine d'arbres.

« On est où ? je demande, perdu.

— À Bologne. C'est une belle ville. Mais nous on va à la maison.

— Vous m'amenez à la maison, m'dame ?

— Bien sûr, gamin.

— Mais il faut pas le train ?

— C'est plus rapide avec l'autocar.

— Alors on y va », je dis.

À l'arrêt de bus, je me mets à trembler. « Tu as froid », elle dit. J'ai des frissons partout, mais je ne sais pas si c'est le froid ou la peur. La dame ouvre son manteau et m'enveloppe dedans. « Avec ce froid et cette humidité on nous les fait venir sans paletot, bon sang… »

Je ne dis rien des manteaux jetés par les fenêtres ni des mamans qui les enfilaient à leurs autres enfants. Je pense à la tête de maman quand elle me verra rentrer comme un invendu et je glisse mes mains dans les poches de ma veste. Je sens sous mes doigts la pomme qu'elle m'a donnée au moment du départ. Je la sors mais je n'arrive pas à la manger parce que j'ai l'estomac noué.

« Un ticket plein tarif et un à tarif réduit », dit la dame au guichetier quand l'autocar approche. On monte à bord et on s'assoit côte à côte. Mes chaussures neuves me font mal, j'ai l'impression que ça ne fait pas un jour mais un an que je les porte. L'autocar démarre, la nuit est tombée et mes yeux se ferment de fatigue. Avant de m'endormir, en cachette, j'enlève mes chaussures et les jette sous mon siège. De toute façon, à quoi elles servent, maintenant ? J'étais pieds nus avant de partir, je reviendrai pieds nus.

DEUXIÈME PARTIE

13

Quand j'ouvre les yeux, il fait noir. Je tends les pieds pour les coller aux jambes de maman, je cherche le rayon de lumière qui passe toujours le matin à travers les persiennes entrouvertes, mais rien : je m'assois dans le lit vide et il n'y a pas une seule lueur dans l'obscurité. Je me lève, le sol est glacé, je cherche la porte à tâtons. Je me cogne contre un angle, je prends mon genou entre mes mains pour faire partir la douleur : « Maman, maman », je crie. Personne ne répond, ce n'est pas le silence de ma ruelle. « Maman », je répète, mais à voix basse. Le noir m'entoure de partout et je ne sais plus si je suis réveillé ou si c'est un rêve. Mon cœur bat la chamade, je ne me souviens de rien. J'étais dans l'autocar avec la dame blonde qui devait me ramener à la maison, j'ai dû m'endormir et je me suis réveillé dans ce lit inconnu.

Dehors, un bruit approche. La porte s'ouvre, un peu de lumière entre. Ce n'est pas ma maman Antonietta, c'est la dame. « Tu as fait un cauchemar ? » Sans sa jupe grise et son chemisier blanc elle a l'air moins communiste.

« Je sais pas, je me souviens pas.

— Tu veux un verre d'eau ? Je vais à la cuisine… »

Je ne réponds pas, elle croise les bras sur sa poitrine, se frotte les épaules à cause du froid et s'éloigne. « Madame ! je l'appelle. Vous m'avez amené en Russie ? » Elle répond d'une grosse voix : « En Russie ! Pauvre gamin ! Qu'est-ce qu'on vous a raconté, dans le Sud ? C'est pire que des cauchemars, c'est des histoires à ne pas fermer l'œil ! »

Je crois que je l'ai mise en colère, même si dans l'obscurité je n'arrive pas à voir sa figure. La dame s'approche et me touche la joue, elle a la main un peu froide. « Tu n'es pas en Russie, tu es à Modène, entouré de gens qui veulent ton bien. Tu as trouvé une maison. Fais-moi confiance. »

Ce n'est pas ma maison et puis maman dit toujours qu'il ne faut faire confiance à personne, mais je ne réponds pas.

« Je vais te chercher de l'eau.

— Madame…, je murmure avant qu'elle disparaisse dans le noir.

— Je t'écoute, gamin, mais tu dois m'appeler Derna.

— Ne partez pas, j'ai peur…

— Je laisse la porte ouverte, comme ça il y a de la lumière. »

Elle disparaît.

Je me retrouve de nouveau tout seul et la chambre est si sombre que ça ne change rien que j'aie les yeux ouverts ou fermés. Pas longtemps après, la dame revient avec de l'eau. Elle est glacée et je bois doucement, à toutes petites gorgées. « N'aie pas peur, gamin, on n'a pas empoisonné les puits. C'est ce qu'on vous a raconté aussi ? elle demande d'une voix agacée.

— Non, pas du tout ! je m'empresse de répondre pour ne pas qu'elle s'énerve. Excusez-moi, c'est à cause de maman qui dit toujours : "Bois doucement sinon tu vas faire une syncope !" »

La dame a l'air gêné, peut-être qu'elle a peur de s'être mal comportée. « Je suis navrée, gamin, elle reprend d'une voix plus douce, avec moi tu n'es pas très bien tombé, je ne comprends rien aux enfants. Je n'en ai pas. Ma cousine Rosa, elle, elle est douée. Elle en a trois.

— Ne vous inquiétez pas, madame, c'est rien. Maman elle en a eu deux, mais les gosses c'est pas sa spécialité…

— Ah, tu as un frère ?

— Non madame, je suis fils unique. »

La dame ne dit rien, peut-être parce qu'elle se sent encore mal à cause de l'histoire de l'eau empoisonnée.

« Demain matin, je te présenterai les enfants de Rosa, il est important que les enfants passent du temps entre eux, pas seulement avec les "dames". »

J'ai honte parce que je n'arrive pas à l'appeler par son prénom.

« Vous allez bien vous entendre, ils ont plus ou moins ton âge. Tu as quel âge, d'ailleurs ? Je ne te l'ai même pas demandé… Décidément, je ne suis vraiment pas douce ! »

C'est la dame qui s'excuse. Alors que c'est moi qui devrais m'excuser d'être là, chez elle, dans son lit, et de la réveiller en plein milieu de la nuit. « Je vais avoir huit ans le mois prochain. Et j'ai pas peur du noir : une fois, je suis resté enfermé dans la chapelle où il y a les squelettes vivants !

— Tu es un petit garçon courageux. Quelle chance de n'avoir peur de rien.

— Si, un peu des fois.

— Que je t'emmène en Russie, par exemple ?

— Non, madame. J'y ai jamais trop cru à cette histoire de Russie…

— Moi, en Russie j'y suis allée pour de vrai, avec mes camarades du Parti.

— Moi avant j'étais jamais parti avec mes camarades, c'est la première fois. C'est pour ça que j'ai peur.

— C'est normal avec tous ces changements d'un coup…

— Non, madame, le problème c'est que je suis pas habitué à dormir seul. À ma maison, il y a un seul lit : pour moi, pour maman et pour le café de Forte-Tête, enfin, c'était avant que les flics l'embarquent, mais il faut le dire à personne, sinon maman va s'énerver : c'est un secret. »

Elle s'assoit à côté de moi. Son odeur est différente de celle de maman. Elle est plus sucrée. « Moi aussi je vais te dire un secret. Quand le maire m'a demandé d'accueillir un enfant, j'ai refusé. J'avais peur.

— Vous avez peur des enfants ?

— Peur de ne pas savoir comment les consoler. Je m'y connais en politique, je connais mon travail, je connais même un peu de latin. Mais les enfants, je n'y connais rien. » Elle fixe le mur, comme maman quand elle parle toute seule. « Je suis devenue un peu bourrue, avec le temps…

— Mais vous m'avez pris.

— J'étais venue à la gare pour donner un coup de main et vérifier que tout se passait bien. Puis la camarade Criscuolo m'a dit qu'il y avait un problème avec le couple qui devait t'accueillir. La femme, qui était enceinte, a accouché prématurément et personne n'a pu venir te chercher.

— C'est pour ça que j'étais le dernier, alors !

— Quand je t'ai vu, tout seul sur ce banc, avec tes beaux cheveux roux et toutes ces taches de rousseur sur ta frimousse, j'ai décidé de t'emmener avec moi. Je ne sais pas si j'ai bien fait. Peut-être que tu aurais préféré une vraie famille ?

— Je ne sais pas. Tout ce que j'ai eu de préféré pour le moment, c'est ma maman. »

Elle me caresse la main, ses doigts sont froids et un peu gercés, elle ne sourit presque jamais mais elle a voulu m'avoir avec elle.

« Je croyais que j'étais le dernier parce que personne voulait de moi.

— Mais non, gamin ! Tout était organisé, on y a travaillé pendant des semaines : une maison pour chaque enfant.

— Alors on nous choisissait pas à la tête ?

— Ce n'était pas un marché, enfin ! »

J'ai un peu honte parce que c'est exactement ce que j'ai cru.

« Maintenant, il faut dormir, demain je travaille. Je reste ici, à côté de toi. Voilà, tu es bien comme ça ? »

La dame se couche, je ne sais pas si je suis bien, en tout cas je lui laisse de la place sur l'oreiller. Ses cheveux touchent ma figure, ils sont doux, on dirait du coton.

« Tu veux que je te chante une berceuse ? » Moi, les berceuses, ça me rend triste dans mon ventre, mais je ne le lui dis pas pour ne pas la mettre de nouveau en colère. « Oui », je réponds, les yeux fermés et un pied collé à sa jambe. J'espère qu'elle ne va pas chanter celle de l'enfant et de l'homme noir qui le garde pendant un an, parce que sinon c'est sûr que je vais pleurer et demain ils vont me remettre dans le train et me renvoyer chez moi. La dame réfléchit un peu puis commence à chanter la chanson que j'ai entendue à notre arrivée à la gare, où ça dit *bella ciao ciao ciao* toutes les deux minutes.

Quand elle s'arrête, je reste silencieux pendant un petit moment, puis je lui demande : « M'dame, ça vous gêne mes pieds froids sur vos jambes ?

— Pas du tout, gamin. Pas du tout. »

Et, tout doucement, le sommeil revient.

14

« Ameri', Amerigo, réveille-toi, ton frère Luigi revient ! Dépêche-toi, fiche le camp de ce lit, c'est sa place. » Les yeux encore fermés, je dis : « Et moi ? Je me mets où ? — Toi ? fait ma maman Antonietta. Toi, maintenant tu restes là-haut, chez la dame… »

J'ouvre les yeux, c'est le matin. De la fenêtre en face de mon lit, on voit des champs marron et les branches des arbres toutes nues à cause du froid, avec juste quelques feuilles sèches dessus. Il n'y a pas d'autres maisons, personne ne passe, on n'entend pas une voix.

La dame est dans la cuisine, au fond du couloir. Je l'observe de dos : elle prépare à manger en écoutant la radio. Des radios, je n'en avais vu que dans les maisons de certaines dames qui me donnaient leurs chiffons. Sur la table, il y a une tasse de lait, du pain, un petit pot de confiture rouge, du beurre, un gros morceau de fromage. Je me demande si Tommasino a trouvé autant de bonnes choses chez le moustachu. Et puis un couteau, une fourchette, une petite cuillère, des tasses et des petites assiettes toutes pareilles, de la même couleur.

Elle a remis son chemisier blanc et sa jupe grise. Elle ne m'a pas vu, je voudrais l'appeler mais je me sens gêné. On ne dirait plus la même que cette nuit. À la radio, on entend les mots d'un monsieur qui parle vite : enfants, hospitalité, train, maladies, parti communiste, Sud, misère. Ça parle de moi. La dame arrête de couper le pain pour écouter, elle recrache l'air d'un coup, comme Forte-Tête mais sans ronds de fumée, puis elle recommence à couper.

Au bout d'un moment, elle se tourne et a l'air surprise : « Ah, tu es là ?

— Je viens juste d'arriver.

— Je ne t'ai pas entendu. Tu as faim ? J'ai préparé plusieurs choses, je ne sais pas ce que tu aimes.

— J'aime tout », je réponds.

On mange sans parler. Il n'y a que la nuit qu'elle parle beaucoup, la dame, pas le jour. De toute façon je suis habitué, ma maman Antonietta non plus n'a jamais le cœur à bavarder, surtout pas au réveil.

Quand j'ai fini, la dame dit qu'elle doit aller travailler et qu'elle m'emmène chez sa cousine Rosa, celle qui a des enfants, puis qu'elle reviendra me chercher en fin de journée. Je dis d'accord mais je me sens de nouveau triste dans mon ventre. Ma maman Antonietta m'a donné à Mme Derna, Derna m'envoie chez sa cousine Rosa, et cette Rosa, va savoir chez qui elle va me larguer. Comme dans la berceuse de l'homme noir.

Avec la dame, je reviens dans la chambre où j'ai dormi. Par la fenêtre, on ne voit plus le ciel, ni les champs, ni les arbres. J'essaie de nettoyer les vitres avec la main, mais ça ne marche pas. Ce n'est pas le verre qui est sale, c'est l'air : une couche de fumée recouvre tout le paysage. Je m'assois au bord du lit. « Tu veux que je t'aide à t'habiller ? » elle me demande. Je ne vois pas les habits que je portais en arrivant, mais la pomme de ma maman Antonietta que j'avais dans la poche est posée sur le bureau. « Je m'habille seul, merci », je réponds. La dame sort des vêtements d'une armoire en bois sombre : chandails en laine, pantalons, chemises. Ils étaient au fils aîné de Rosa, et maintenant ils sont à moi. « J'ai l'impression qu'ils sont neufs », je dis. Sur le bureau il y a aussi des cahiers et un stylo. Elle dit que je vais aller à l'école. « Encore ? J'y ai déjà été ! je me plains.

— Oui, et tous les jours. Tu ne sais pas tout, quand même !

— C'est vrai : personne ne naît avec la science en infusion », je réponds.

Et pour la première fois, on rigole tous les deux ensemble.

Je me regarde dans la glace avec mes habits neufs et je vois quelqu'un qui me ressemble mais ce n'est pas moi. La dame m'enfile un manteau et un chapeau, me dit d'attendre et va dans l'autre pièce. Elle revient avec une broche rouge où il y a le petit cercle jaune et le marteau, la même que la sienne. Elle s'assoit à côté de moi et la fixe sur mon manteau. C'est le dessin que j'ai vu sur les drapeaux des communistes dans l'immeuble de la via Medina. Alors ça veut dire que maintenant ils m'ont rendu communiste moi aussi. Je mc demande si en fin de compte le jeune homme blond a résolu cette question méridionale, j'y pense de temps en temps. « Tu es prêt ? elle me demande, et elle touche mes taches de rousseur du bout des doigts.

— Oui, madame, enfin, je voulais dire… Derna. »

Elle fait la tête de quand tu gagnes le gros lot à la tombola.

On sort, main dans la main. Elle ne marche pas aussi vite que ma maman Antonietta. Elle ne me laisse pas en arrière. Ou alors c'est moi qui vais plus vite parce que j'ai peur de rester tout seul dans l'air gris.

15

« Qu'est-ce que les gens fument, par ici ! On voit même pas la route.

— Ce n'est pas de la fumée, c'est du brouillard. Ça te fait peur ?

— Non. J'aime bien que les choses soient cachées et qu'après, hop, elles apparaissent d'un coup.

— Voici la maison de ma cousine Rosa. Quand il fait beau, on la voit depuis ta fenêtre, mais avec le brouillard elle disparaît.

— Moi aussi j'aimerais bien disparaître, parfois, mais nous dans le Sud on a pas encore le brouillard. »

Derna sonne à la porte. À côté, il y a une petite plaque.

« Qu'est-ce qu'il y a écrit ?

— Benvenuti.

— Ils l'ont écrit pour nous ?

— Non, c'est le nom de famille du mari de Rosa ! » et ça se voit qu'elle a envie de rire.

Un garçon vient nous ouvrir. Il a des cheveux châtains qui lui arrivent aux épaules, les yeux clairs et les dents de devant écartées. Il serre Derna contre lui et lui fait un bisou, et il fait pareil avec moi. « Tu es l'enfant qui est arrivé en train ? Moi j'ai jamais pris le train. C'est comment ?

— Petit.

— Ce blouson est pas à toi : mon frère le mettait l'hiver dernier », dit un autre enfant qui est arrivé en courant du fond du couloir. Il fait ma taille et il a les yeux noirs.

« À moi, à toi… qu'est-ce que ça veut dire ? Il est à celui qui en a besoin, le gronde un monsieur grand et maigre à la moustache roussâtre et aux yeux bleus. Rosa, notre gamin ne serait pas un petit fasciste par hasard ?

— En voilà une façon d'accueillir ce pauvre petit qui en a déjà vu de toutes les couleurs ! » dit sa femme, qui porte un bébé dans ses bras. Elle me fait signe de la suivre au salon.

« On ne s'est même pas présentés : je suis Rosa, la cousine de Derna, et le gros malin à moustache c'est mon mari Alcide. Voici nos enfants : Rivo, qui a dix ans, Luzio, qui va avoir sept ans et Nario, qui n'a pas encore un an. »

Je ne comprends pas les prénoms des enfants, je dois me les faire répéter trois fois. Chez nous, les gens s'appellent Giuseppe, Salvatore, Mimmo, Annunziata ou Linuccia. Et puis il y a les surnoms : Jacasse, Royale, Tête-Blanche, Museau-de-Chien… Tout le monde oublie le vrai prénom des gens. Moi, par exemple, si on me demande le nom et le prénom de Forte-Tête, je suis incapable de répondre.

Là-haut, c'est différent. Le père explique que c'est lui qui a inventé ces prénoms et qu'ils n'existent pas sur le calendrier, parce que lui il ne croit pas aux saints. Au calendrier, oui. En Dieu, non. Il dit que comme ça, quand il les appelle tous les trois, ça fait un mot : Rivo-Luzio-Nario ! Révo-lution-naire ! Là, il me regarde et il attend. Je comprends qu'il faudrait que je réagisse. Puis il éclate de rire tout seul, ça fait trembler sa moustache. Dans ma ruelle, je ne connais personne qui porte la moustache, à part la Royale, sauf que c'est une femme, alors ça ne compte pas. Pour lui faire plaisir, je me mets à rigoler moi aussi mais pour de faux, je n'ai pas compris la blague.

Derna dit au revoir et part travailler, elle repassera me chercher plus tard. Le mari de Rosa s'en va lui aussi. Il est attendu chez des gens importants, qui ont de l'argent et des enfants qui vont au conservatoire, il doit accorder leur piano. « Moi aussi j'allais au conservatoire, quand j'étais chez moi ! »

Alcide me regarde, la moustache toute sérieuse. « Tu joues de quel instrument ? »

Je rougis, mon visage devient tout chaud. « Aucun instrument, don Alcide. J'allais au conservatoire mais je restais dehors, pour écouter la musique qui sortait. J'attendais une amie qui joue du violon, elle s'appelle Carolina, elle dit que j'ai l'oreille musicale. » Il lisse sa moustache. « Tu connais les notes ?

— Oui.

— Toutes les sept ?

— Oui », je réponds et je les lui récite, c'est Carolina qui me les a apprises.

Il a l'air content et me promet qu'il m'emmènera au magasin de pianos. « Et je pourrai toucher le clavier ?

— Mes fils ne s'intéressent pas à la musique. Heureusement que tu es arrivé. Pas vrai, Rosa ? »

Luzio fait une tête méchante, comme pour dire : celui-là, à peine débarqué il se la ramène.

« Si tu deviens un bon assistant, je te donnerai de l'argent de poche !

— Moi j'en ai déjà depuis un an », dit Rivo. On voit le trou entre ses dents blanches. « Parce que je travaille à l'étable, je donne à boire aux vaches.

— Et tu pues la bouse ! se moque son petit frère.

— Ici, tout le monde travaille, chacun doit faire sa part, intervient leur père.

— Don Alcide, moi j'allais chercher des chiffons avec mon ami Tommasino, mais je préfère travailler avec les pianos, comme ça on a pas la tignasse qui se carapate du caillou ! »

Il se caresse les cheveux puis me serre la main :

« Marché conclu, j'ai trouvé un assistant. Mais… tu dois arrêter de m'appeler "don", je ne suis pas un curé ! »

Luzio rigole, moqueur.

« Comme vous voudrez ! Comment je dois vous appeler, alors ?

— Tu peux m'appeler papa. »

Luzio arrête de ricaner, et moi aussi.

16

« Salut papa, à ce soir. » Rivo accompagne Alcide à la porte et l'embrasse. Luzio sort une bille de sa poche et la fait rouler dans le couloir. Moi je fais *ciao ciao* de la main et je reste planté là. Je ne peux pas l'appeler papa, j'ai l'impression que c'est une blague. Dans ma ruelle, il y avait un monsieur gros et grand, chaque fois que Tommasino et moi on le croisait on le suivait en criant : « Hé papa, empafé, tu vas te faire empapaouter ? » Alcide c'est pas un empafé, impossible de l'appeler papa. Et puis de toute façon c'est pas mon père.

Rosa doit sortir pour récolter les légumes, Rivo prend un seau pour aller donner à boire aux vaches. Il me raconte qu'ils ont un potager et quelques bêtes, qu'ils n'ont pas beaucoup de poules mais qu'elles pondent beaucoup d'œufs, qu'il apprend à traire la vache, que pour ça il faut être délicat. Rivo sait plein de trucs, il veut tous me les expliquer à la fois. L'eau, l'engrais, le lait qui sort des vaches, le fromage qu'on fabrique avec le lait qui sort des vaches. Les bêtes ne sont pas qu'à eux, elles sont aussi à d'autres familles, ils s'en occupent tous. Ils mangent une partie de ce qu'ils en tirent et vendent le reste au marché. Je voulais lui dire que moi aussi j'allais au marché avec Tommasino pour l'histoire des rats, mais Rivo ne m'écoute pas, c'est un moulin à paroles. Il enfile une veste et des bottes pour sortir s'occuper du bétail et me demande si je veux l'accompagner aux champs pour voir les bêtes. Je ne réponds ni oui ni non. La Royale avait raison, je me dis, ils nous ont emmenés là pour nous faire trimer.

« Rivo, tu l'assommes avec tes bavardages ! Laisse-le un peu tranquille, il doit prendre ses marques, il vient d'arriver ! Tu vois, Amerigo, cet enfant est un vif-argent.

— Quoi ?

— C'est un vif-argent : ça veut dire qu'il ne tient pas en place et qu'il est toujours en train de parler.

— Ah, d'accord ! C'est comme quand maman dit : "C'est une malédiction." »

Rivo éclate de rire et moi pareil. Luzio ne sourit même pas, il continue à jouer avec sa bille. Rosa prend des chaussures pleines de terre et ouvre la porte. Avant de sortir, elle dit : « Luzio, si ton frère se réveille, viens me chercher. » Elle sort puis revient : « Et donne une de tes billes à notre nouvel ami, comme ça vous pourrez jouer ensemble. »

Quand on se retrouve tous les deux, Luzio glisse la bille dans sa poche et s'en va. Je le cherche mais je ne le trouve pas. Ou il s'est caché ou il est devenu invisible, même s'il n'y a pas de brouillard dans la maison. Les pièces sont grandes et il y a des saucissons et des jambons entiers suspendus aux poutres de la cuisine, comme chez l'épicier de la via Foria.

Vu que la cheminée est allumée, c'est la pièce la plus chaude, et Rosa a laissé là le berceau avec le bébé qui dort. J'entends au loin une bille qui roule par terre, une, deux, trois fois… Je commence à compter sur mes doigts, quand ça fera dix fois dix il se passera un truc chouette, l'autre frère, celui qui parle beaucoup, reviendra et il m'emmènera voir les bêtes. Mais le temps passe, le feu dans la cheminée devient tout petit puis s'éteint et je n'entends même plus le bruit de la bille. Je vais à la fenêtre pour voir si quelqu'un revient, mais il y a encore du brouillard.

« Luzio », j'essaie d'appeler, mais il ne m'entend pas ou ne veut pas répondre. Dans un coin de la cuisine, il y a une échelle à moitié cachée derrière le buffet. Je la sors et l'appuie contre le mur. Je ne suis jamais monté sur une échelle. La Royale dit que ça porte la guigne de passer dessous. Je pose d'abord un pied pour voir si elle tient, puis l'autre, et plus je monte plus je me sens grand et fort, et j'oublie qu'ils m'ont laissé tout seul. J'arrive en haut et je tends la main pour toucher les poutres en bois, elles sont tièdes et rêches. Les saucissons me caressent la figure, leur odeur me chatouille le nez et j'en ai l'eau à la bouche. Il y a aussi du jambon rose avec des taches, comme celui qu'ils nous ont donné à la gare. Je n'ai jamais vu autant de nourriture à la fois. Je gratte un peu la croûte et finis par toucher la chair tendre. J'y enfonce un doigt, le ressors et le fourre dans ma bouche. Je le replante et reprends un peu de jambon. Quand le trou est trop profond pour continuer de creuser, j'en fais un autre, et puis encore un autre.

« Voleur ! j'entends crier dans mon dos. T'es venu pour nous piquer nos trucs ! »

Je me retourne brusquement, je perds l'équilibre et je glisse de l'échelle. La chute est courte mais j'atterris sur le dos. Le bébé dans le berceau se réveille et se met à pleurer. Luzio me regarde, il lève les yeux pour regarder les trous dans la mortadelle puis il me regarde de nouveau. Il me touche doucement avec la pointe de sa chaussure, comme on fait avec les insectes pour voir s'ils sont encore vivants. Je ne bouge pas, je dis aïe et il s'en va. Nario continue à brailler, j'ai peur que Rosa rentre juste maintenant et croie que c'est à cause de moi.

« Luzio, j'appelle, encore étalé par terre. Je voulais pas venir ici. C'est ma maman qui m'a fait partir, pour mon bien, j'ai même fait le bègue mais je suis parti quand même… »

Il ne répond pas. J'entends de nouveau la bille rouler. Le bruit est proche, Luzio doit être dans la pièce à côté. « Je voulais juste goûter. Et puis qu'est-ce que ça peut te faire, tu as tout ce qu'il te faut ! Les bêtes dans l'étable, les saucissons au plafond, un père avec une moustache, des chandails en laine dans les armoires, des frères. T'as même des portraits photographiques dans ta maison. »

Pas de réponse. Je m'assois, j'ai mal au dos mais pas trop. Je m'approche du berceau, je le balance doucement comme j'ai vu faire une voisine de la Jacasse qui avait un bébé, petit à petit Nario arrête de pleurer et se rendort. Le bruit de la bille approche et je finis par les voir entrer dans la cuisine, d'abord la bille puis Luzio.

« C'est qui le monsieur chauve sur la photo ? Ton parrain ?

— C'est le camarade Lénine, il répond sans me regarder.

— C'est un ami de votre père ?

— C'est l'ami de tout le monde. Papa dit qu'il nous a appris le communisme.

— Personne ne naît avec la science en infusion », je conclus.

On se tait. Le feu n'est plus que du charbon et il commence à faire un peu froid. Luzio va à la cheminée, il prend une grosse bûche sur une pile, la jette dedans et la flamme repart, plus grosse qu'avant. Chez nous à Naples, il n'y a pas de cheminées, il y a des braseros, mais c'est moins bien parce que la braise ne bouge jamais. J'aimerais bien savoir comment on fait repartir un feu.

« J'ai une amie qui s'appelle la Royale et elle aussi elle a un portrait chez elle, c'est pas feu son fiancé paix à son âme, c'est le roi moustachu, elle l'a même amené à la procession pour pas qu'on parte dans le train… et peut-être qu'elle avait raison, en fait. »

Luzio repart vers la porte sans rien dire. « Je vais pas rester là pour toujours ! » je crie. Il s'arrête. « On nous a dit que c'était que pour la mauvaise saison. Après, c'est toi qui iras à l'atelier avec don Alcide, moi on me ramènera chez moi et tout redeviendra comme avant, si Dieu le veut. »

Je tends la main comme les grands quand ils font affaire. Au lieu de la serrer, il donne un coup de pied à la bille qui roule vers moi, il range l'échelle derrière le buffet et disparaît dans une autre pièce. La bille reste par terre. Je ne sais pas s'il l'a laissée exprès ou s'il l'a oubliée. Je la fourre dans ma poche et je reste planté là à regarder la flamme qui danse dans la cheminée.

17

Comme personne ne revient, je sors et vais vers le champ. Rivo me voit, court à ma rencontre et me prend par la main. En le suivant dans l'étable, je pense au trou dans la mortadelle et j'ai honte. « La vache est gentille, par contre il vaut mieux se tenir au large du taureau quand il s'énerve. » Je regarde le taureau et je vois tout de suite qu'il a mauvais caractère, un peu comme ma maman Antonietta, qui est toute tranquille mais qui voit rouge quand on lui marche sur les pieds.

Je n'avais jamais vu de bêtes aussi grosses. D'ailleurs des petites non plus, à part O'Sole-Mio. J'en parle à Rivo, pour lui montrer que moi aussi j'avais des choses avant de venir ici. C'était le chat du quartier, gros et gris, il traînait toujours devant le *basso* de la Jacasse et elle ne lui refusait jamais un bout de pain rassis et un peu de lait. Quand elle le voyait, ma maman Antonietta l'appelait « chapardeur de boustifaille » et le chassait à coups de pied. Les chats, c'est pas sa spécialité. Tommasino et moi, on avait décidé que c'était notre chat et on voulait le dresser. Une fois, sur le Rettifilo, on avait vu un vieux qui avait un singe dressé. Le vieux disait assieds-toi et le singe s'asseyait. Le vieux disait lève-toi et le singe se levait. Le vieux disait danse et le singe dansait. Les gens applaudissaient et mettaient des pièces dans son chapeau. Le vieux, il se faisait plein d'argent avec son singe, surtout devant les maisons des riches. Puis, le spectacle terminé, il prenait son singe et s'en allait. Le lendemain, il s'installait à un autre coin de rue. Tommasino et moi on partait à sa recherche. Un : parce qu'on n'avait jamais vu un singe de notre vie, et deux : pour apprendre les astuces du vieux. Mais un jour il a disparu. Alors on s'est dit qu'on allait dresser O'Sole-Mio pour gagner des sous nous aussi. Sauf qu'O'Sole-Mio n'écoutait rien et ne faisait que ce qui lui chantait. Ma maman Antonietta n'avait pas tout à fait tort. Mais maintenant c'était notre chat. On le caressait, il se frottait contre nos jambes et quand il nous voyait arriver au fond de la ruelle il venait vers nous, la queue toute droite.

Au bout d'un moment, O'Sole-Mio aussi a disparu. On l'a cherché dans toutes les ruelles : introuvable. Je me disais qu'il était parti avec le vieux et le singe pour vivre dans la richesse. La Royale disait que les gens avaient tellement faim qu'ils mangeaient les chats. Je ne l'ai jamais crue. Mais il faut dire qu'O'Sole-Mio était devenu bien grassouillet avec le pain et le lait de la Jacasse. Ça pouvait donner des idées, c'est sûr.

Rivo ne me laisse même pas finir de raconter et dit qu'à son avis le chat va finir par revenir, ces animaux sont comme ça, parfois ils disparaissent mais ils se rappellent toujours le chemin pour rentrer à la maison. « Moi je préfère les chiens, il dit. Et toi ?

— Les chats, parce qu'on est pareils : moi aussi je finirai par rentrer chez moi. »

Rivo s'approche de la vache : « Viens, elle est gentille. » Il l'effleure entre ses cornes. Elle ne remue même pas la queue et je me dis que c'est impossible de la dresser. Il se tourne vers moi : « Caresse-la ! »

Je tends le bras et la touche du bout des doigts. Elle n'a pas le poil doux d'O'Sole-Mio et, de près, elle pue plus du bec que la Royale. Je réessaie, avec toute la main. Elle a les yeux brillants et la bouche triste, comme maman le jour où on est sortis de l'immeuble des communistes et qu'elle m'a acheté de la pizza frite.

18

Je ne veux pas porter une blouse comme les filles, et pas de ruban non plus, j'ai trop honte. Mais Derna a l'air contente, alors je ne proteste pas. On dirait qu'elle me prépare pour une fête quand tout ce qui m'attend, c'est des taloches, une odeur de pieds et des bâtons à dessiner sur un cahier. « En plus, je connais déjà les nombres. Je sais compter sur mes doigts jusqu'à dix fois dix ! je tente.

— Tu dois aussi apprendre les lettres, les divisions, la géographie.

— J'aime pas les lettres, ma maman ne les a jamais apprises, à quoi elles servent ?

— À ne pas se faire entourlouper par ceux qui les connaissent. Allons-y. » Elle me prend par la main et on sort. Ce matin, il n'y a pas de brouillard et on voit Rivo et Luzio arriver de la maison d'en face, eux aussi ils portent des blouses noires qui dépassent de leurs vestes et un sac en bandoulière comme le mien. Rivo court à ma rencontre, il me raconte que la vache est pleine et qu'un veau naîtra bientôt. Luzio reste en arrière et donne des coups de pied dans un caillou sur le chemin.

« Il y a de la place pour moi dans cette nouvelle école ?

— Pas dans ma classe, dit Luzio sans lever les yeux du chemin.

— J'ai parlé hier avec le directeur, dit Derna. Tu seras dans la classe de Luzio parce que même si tu as un an de plus, tu es un peu en retard. C'est une bonne nouvelle, comme ça tu seras en famille à l'école aussi ! »

Luzio donne un autre coup de pied dans le caillou et court derrière. Derna nous dit au revoir parce qu'elle a une réunion au syndicat. « Allez, gamin, donne le meilleur de toi-même ! » Elle part dans l'autre sens puis s'arrête et m'appelle : « Amerigo, attends ! Quelle tête de linotte je suis, j'allais oublier ton goûter ! » Je repense à la pomme de maman, qui est toujours posée sur le bureau. Derna revient vers moi et sort de son sac un torchon qui sent la tarte au citron. Je le mets dans le mien et continue mon chemin avec Rivo. « On doit trouver un prénom à ce veau, il continue. Comment tu voudrais l'appeler, toi ? »

Je pense Luigi, comme mon frère qui avait l'asthme bronchique, mais je n'ai pas le temps de le dire parce que Luzio se retourne et crie : « C'est à moi ! Le nom du veau c'est moi qui le choisis, cette fois. Chacun son tour. Celui-là, c'est mon veau. »

Rivo le course et donne un grand coup de pied dans son caillou, qui roule jusqu'à la porte de l'école. J'essaie de courir, mais je suis gêné par ma blouse alors j'arrive le dernier.

Dans cette école, la maîtresse est un monsieur qui s'appelle M. Ferrari. Il est jeune, il n'a pas de moustache et il ne roule pas les *r*. Il dit aux autres que je suis un des enfants du train, qu'ils doivent m'accueillir et me faire me sentir comme chez moi. Chez moi je n'avais rien, je me dis. Alors ce serait mieux qu'ils me fassent me sentir comme chez eux.

Luzio s'assoit au premier rang, à côté d'un patapouf qui a des cheveux blonds ondulés, la dernière place libre est au fond, où il y a les plus grands. Je me mets là et j'attends que le temps passe, mais le temps est très lent. M. Ferrari dit : « Prenez votre cahier à carreaux » et tout le monde prend son cahier à carreaux ; puis il dit : « Prenez votre cahier ligné » et tout le monde prend son cahier ligné. Pas besoin de donner des taloches, dans cette classe ils sont tous déjà dressés, comme le singe du vieux de la via Foria. À un moment donné, on entend la cloche sonner et je me dis : Sainte Vierge merci, c'est terminé, j'enfile ma veste et je vais vers la porte. Les autres éclatent de rire, je reviens à ma place sans comprendre. Le maître m'explique que c'est le début de la récréation et qu'on peut manger notre goûter. Les enfants se lèvent, ils discutent entre eux en groupes. Je me rappelle le torchon avec la tarte au citron dedans et, seul au dernier rang, je la mange tout doucement pour faire passer le temps. À l'école des taloches, il n'y avait pas de récréation ni de tarte au citron, quand la cloche sonnait ça voulait juste dire : les roustes, c'est terminé pour aujourd'hui.

M. Ferrari dit que la récréation est finie et les enfants se rassoient. « Maintenant, nous allons réviser la table de deux. Benvenuti, au tableau. »

Luzio se lève, prend un bout de craie, écrit les nombres et puis il se met à fixer le tableau, planté là comme un piquet. « Va te rasseoir », lui ordonne le maître. Il est un peu énervé mais il ne tape pas. « Qui peut me dire combien font deux fois sept ? »

Personne ne répond. Puis Luzio dit : « Maître, demandez-le à Speranza.

— Speranza est nouveau, répond le maître. Il vient d'arriver, laissons-lui le temps de prendre ses marques.

— Mais c'est pour le faire se sentir comme chez lui ! »

Certains ricanent, d'autres se retournent pour me regarder.

Le maître ne sait pas trop quoi faire, il me sourit, ça se voit que c'est pas le genre de type à donner des taloches. « Speranza, sais-tu combien font deux fois sept ? »

Je sens tous les yeux rivés sur moi. Ma voix résonne dans la salle : « Ça fait quatorze, maître. »

Luzio fait la même tête que quand il m'a trouvé avec les doigts dans la mortadelle, comme si j'avais volé quelque chose. M. Ferrari a l'air étonné et content. « Bravo, Speranza. Tu as étudié la table de deux, dans ta ville ?

— Non, maître. Moi, dans ma ville, je comptais les chaussures et elles vont toujours par deux. »

Quand la cloche de fin sonne et qu'on doit partir, le maître nous demande de nous tenir par la main jusqu'à la sortie. Je reste tout seul. Puis un des enfants qui étaient assis au premier rang s'approche et me prend la main.

« Z'm'appel' Uliano », il me dit. Je fais oui oui de la tête sans rien dire, parce que la table de deux ça va, mais les langues étrangères c'est pas ma spécialité.

19

Les saucissons sont toujours accrochés dans la cuisine, mais la mortadelle portant la trace de mes doigts a disparu. Pour le moment, personne ne m'a rien dit. S'il y avait eu ma maman Antonietta, elle m'aurait coursé dans toute la ruelle avec son battoir à linge. Ici, ils ne donnent pas de punitions mais c'est pire parce qu'on ne sait jamais comment ça va tourner. Cette nuit, j'ai rêvé qu'on frappait à la porte et c'étaient les flics qui venaient m'embarquer, ils me jetaient en prison avec Forte-Tête, qui disait : « Moi c'est pour le café, toi pour la mortadelle, ça revient au même, tu vois ? » Moi dans mon rêve je répondais : « Non, non, je ne suis pas comme toi ! » Mais quand je me suis réveillé, je ne savais plus trop.

Je rentre de l'école et j'entends don Alcide qui crie : *« Nessun dorma ! Nessun dormaaa*[1]. » Il chante souvent des airs d'opéra connus, mais cette fois je crois qu'il en a après moi. J'essaie de l'esquiver,

1. « Que personne ne dorme », air de *Turandot*, livret de Giuseppe Adami et Renato Simoni, musique de Giacomo Puccini.

il m'attrape : « Où tu vas, toi ? Tu n'as rien à me dire ? »

Je mets mes mains dans mes poches et tourne la bille de Luzio entre mes doigts sans rien dire.

« J'ai appris quelque chose à ton sujet, mais je voudrais l'entendre de ta bouche.

— Don Alcide, si je vous l'avoue, vous me ferez rien ?

— Moi ? Qu'est-ce que tu voudrais que je te fasse, gamin ?

— Vous appellerez pas la police ?

— La police ? Personne n'a jamais été arrêté à cause d'une bonne note à l'école. »

Je sors mes mains de mes poches et respire. « Ah, vous avez parlé avec M. Ferrari ?

— Il m'a dit que tu es doué avec les nombres et que tu fais des efforts avec les lettres.

— Je préfère les nombres parce qu'ils ne s'arrêtent jamais.

— Ce doit être pour ça que tu as le goût de la musique. Pour jouer d'un instrument, il faut savoir bien compter. »

Quand don Alcide parle, je ne sais jamais s'il se moque de moi ou s'il est sérieux. Il s'approche du buffet, prend une mortadelle et en coupe deux tranches.

« Alors vous m'en voulez pas ?

— Un peu. Parce que tu continues à me vouvoyer et que tu ne m'appelles toujours pas papa. »

Il coupe aussi des tranches de pain, il met la mortadelle dedans et enroule les sandwichs dans des serviettes. « Un pour toi, un pour moi. En route ! »

L'atelier sent le bois et la colle. Il y a des instruments, certains entiers, d'autres en morceaux, qui attendent d'être construits. « Qu'est-ce que je dois faire ? je demande.

— Assieds-toi et regarde. » Il se met au travail. Il découpe, cloue et lime tout en m'expliquant ce qu'il fait. J'écoute, j'observe et le temps passe vite, pas comme à l'école. Alcide ne parle pas beaucoup quand il travaille. Il dit qu'il doit se concentrer. Il pince une corde, appuie sur une touche et m'apprend la différence entre les sons. « Tu entends ? »

Il sort un objet en métal en forme de *u* de la poche de son gilet, il le tape contre le piano, le colle à la caisse de résonance de l'instrument et on entend le bruit que les bateaux font quand ils partent, mais de loin.

« Moi aussi je sais jouer de cet instrument, c'est facile.

— Ça s'appelle un diapason, ça ne fait qu'une note mais ça sert à accorder tous les instruments. Essaie. »

Quand je pose le diapason sur le piano, je sens un frisson qui remonte de mes doigts à mes bras puis à mon cou, comme la fois où j'ai voulu dévisser l'ampoule de la table de nuit de maman et que j'ai pris une décharge. Elle avait dit : « Bien fait pour toi ! Si tu l'avais cassée, tu aurais eu de mes nouvelles. » Mais là c'est pas pareil, c'est une décharge de bonheur.

Il est l'heure de goûter et je n'ai même pas faim. Alcide se sert un verre de vin rouge. On s'assoit à table et on mange l'un en face de l'autre, comme deux grands. Il me raconte que c'est pas son père qui lui a appris ce métier, qu'il s'est formé tout seul. Son père était paysan, lui il aime bien la terre mais il préfère la musique, il a l'oreille musicale. Même si je ne connais pas le métier de mon père, je décide que moi aussi je ferai de la musique quand je serai grand.

Il y a des gens qui viennent exprès des villes autour pour lui apporter leurs instruments. Lui il s'assoit derrière son établi et petit à petit il les fait redevenir neufs. C'est chouette d'être à l'atelier avec Alcide. J'ai l'impression d'être un instrument désaccordé et qu'il me réparera moi aussi, avant de me renvoyer d'où je suis venu.

« Regarde. Ça c'est une guitare, ça un trombone, ça une flûte, ça une trompette et ça une clarinette. Lequel veux-tu essayer ?

— Il y a un violon ? je demande, parce que Carolina, ma copine du conservatoire, joue de cet instrument.

— Le violon, c'est compliqué. Mets-toi là. » Il me fait asseoir sur un tabouret devant le piano, il me fait appuyer sur les touches et les sept notes que je connais en sortent. Je réessaie, puis encore : je commence à mélanger les notes, les sons c'est comme les nombres, il y en a une quantité infinie. J'imagine que je suis chef d'orchestre, comme celui que j'ai vu une fois où Carolina et moi on s'est faufilés dans le théâtre pendant les répétitions. Don Alcide m'applaudit, je me lève et m'incline. Juste à ce moment-là, une dame avec une fourrure entre dans l'atelier.

« Bonjour, madame Rinaldi.

— Bonjour, monsieur Benvenuti. Votre fils est venu vous aider, aujourd'hui ? Il vous ressemble beaucoup. »

Alcide et moi on se regarde un peu embêtés, c'est vrai qu'on est roux tous les deux. « Tu vois que tu dois m'appeler papa ? » Puis, en se dirigeant vers la réserve, il précise : « Ce n'est pas mon fils, il est chez nous pendant quelque temps. Mais pour Rosa et moi c'est comme un de nos enfants. »

Je me retrouve seul avec Mme Rinaldi. « Rosa a de la famille à Sassuolo, me semble-t-il. C'est de là que tu viens ?

— Non, je suis venu du train, du train des enfants. »

Alcide revient avec le violon et le pose sur l'établi. Je pense à Carolina, qui a le bout des doigts durci par les cordes. « Je les ai toutes changées », explique Alcide à la dame.

Elle met ses lunettes, tourne le violon entre ses mains, touche les cordes, les pince pour voir si le travail est bien fait ou si c'est une arnaque. Au final, elle a l'air contente et remercie Alcide. Puis elle me regarde par-dessus ses lunettes. Elle m'étudie pareil que le violon, pour voir si c'est une arnaque. « On les a fait venir ici, ces pauvres petits… toutes ces heures de voyage, le manque de confort. Et quand ces belles vacances seront finies, il leur faudra retourner dans leur misère. Ce n'aurait pas été mieux de donner de l'argent à leurs familles, plutôt que de les faire venir ici ? »

Alcide pose ses mains sur mes épaules. La dame a l'air triste et me donne une pièce. Alcide me serre les épaules en silence. « Enfin, c'est mieux que rien, non ? me dit Mme Rinaldi. Comme ça, au moins, tu peux apprendre un métier. Qu'est-ce que tu veux faire quand tu seras grand ? Réparer les instruments, toi aussi ? »

Les mains d'Alcide pèsent sur mes épaules comme si elles voulaient me clouer au sol. Ces mains, si légères quand elles réparent des instruments, peuvent devenir drôlement lourdes lorsqu'il s'agit de me garder là, de ne pas me laisser partir. La dame a repris son violon, elle va s'en aller.

« Non, je dis. Quand je serai grand, je ne veux pas réparer les instruments. »

Alcide ne bouge pas un doigt, mais il se penche sur le côté pour mieux me regarder, comme la première fois.

« Ah bon ? s'étonne la dame. Qu'est-ce que tu veux faire, alors ?

— Je veux en jouer, comme ça on me donnera de l'argent pour venir me voir. »

Je lui rends sa pièce, la dame s'en va sans rien ajouter. Et, enfin, je me sens redevenu Nobel, comme dans ma ruelle.

20

Rosa prépare une tarte avec de la crème jaune et une pizza au fromage et au saucisson. Elle dit qu'elle fait ça aussi pour ses autres enfants. « Comment se passe ton anniversaire, d'habitude ? »

L'an dernier, j'avais de la fièvre. Le docteur a dû venir jusque chez moi. Il y avait aussi la Jacasse. Ma maman Antonietta avait la figure toute blanche, mais elle ne pleurait pas. Ma maman Antonietta ne pleure jamais. Elle avait regardé le portrait de mon grand frère Luigi sur sa table de chevet et elle avait fermé les yeux. Le docteur avait fait la tête de celui qui veut déguster sa dernière bouchée de pâtes à la *genovese* et qui découvre que quelqu'un d'autre l'a mangée. « Il a besoin de médicaments », il avait dit. Quand il était parti, maman avait glissé une main dans son corsage, où elle gardait l'image miraculeuse de saint Antoine ennemi du démon, et elle avait sorti un mouchoir avec des billets pliés dedans.

« L'an dernier, j'ai reçu un beau cadeau », je dis.

Rosa sourit. « Cette année, où tu le passes avec nous, qu'est-ce que tu aimerais avoir ? »

Rosa couvre la pizza d'une couche de pâte blanche et étale dessus un filet d'huile d'olive. Une musique joyeuse passe à la radio, Rosa se déplace dans la cuisine comme une danseuse que j'ai vue une fois à la fête des Américains. « On enfournera la pizza quand Derna arrivera, comme ça on la mangera chaude. Maintenant, aide-moi à mettre le couvert, ce matin tu es mon cavalier. » Elle me prend par la main et on commence à danser tous les deux au milieu de la cuisine. Nario nous regarde depuis sa chaise haute et tape des mains, mais pas en rythme. Elle fait des pirouettes et je lui marche sur les pieds. Elle rit, je deviens tout rouge. « Quand j'étais jeune, j'allais au bal avec Alcide. Maintenant, je ne danse plus que dans la cuisine. » Moi, avec maman, je n'étais pas habitué à danser, même pas dans la cuisine.

Quand Derna rentre du travail, elle dit qu'elle a une surprise pour moi. Je veux savoir ce que c'est, mais elle me répond : « Chaque chose en son temps. » Rosa prend la pizza et va dans la cour. Je la suis pour l'aider parce qu'aujourd'hui je suis son cavalier. Le four est derrière l'étable, je ne l'avais jamais vu ouvert. Je passe la tête dedans, il est énorme. Il me rappelle la photo que la Royale montrait aux mamans pour les convaincre de nous garder. Mes jambes deviennent toutes molles et je pars au galop me réfugier dans l'étable. Rosa me court après et me trouve caché à côté de la vache qui va mettre bas. Je n'ai pas le courage de la regarder.

« Qu'est-ce qu'il t'arrive ? C'est à cause de ton anniversaire ? »

Je tourne la tête de l'autre côté sans lever les yeux. « Qu'est-ce qu'il s'est passé ? Tu peux tout me dire. On t'a embêté à l'école ? »

Le souffle de la vache me réchauffe le cou.

« On s'est encore moqué de toi ? »

Ça m'était arrivé les premiers jours. Benito Vandelli, un du dernier rang, m'appelait Naples et dès que je m'approchais il se bouchait le nez comme si ça puait le poisson pourri. Uliano, celui du premier rang qui entre-temps est venu s'asseoir à côté de moi, m'avait dit que je ne devais pas y faire attention parce que Benito aussi on s'était moqué de lui en début d'année, et c'est après qu'il était devenu méchant.

L'après-midi, à l'atelier, alors qu'on cirait un piano qu'on devait rendre, Alcide m'avait dit que les enfants méchants ça n'existe pas. C'est que des préjugés. Les préjugés, c'est quand tu penses quelque chose avant même de le penser parce que quelqu'un te l'a mis dans la cervelle et qu'il y est resté bien planté. Il a dit que c'est comme une sorte d'ignorance, et que tout le monde, pas seulement mes camarades d'école, doit faire attention à ne pas penser avec des préjugés.

Le lendemain, quand Benito m'a appelé Naples, Uliano s'est approché et il lui a fait : « Boucle-la, toi, avec ton prénom de faziste ! » Benito est allé se rasseoir au dernier rang sans rien répondre. Je me suis dit que c'était pas sa faute si ses parents lui avaient donné un mauvais prénom et que c'est bien vrai que les gentils aussi ont des préjugés. Comme moi maintenant : j'ai vu le four énorme de Rosa et, même si tout le monde me traite très bien ici, j'ai cru que ce que la Royale avait raconté était vrai, que les communistes mettaient les enfants au four pour les manger, et je suis venu me cacher derrière la vache, même que j'ai de la bouse plein mes chaussures, alors qu'aujourd'hui c'est mon anniversaire.

« Pardon, Rosa. » Je sors de ma cachette. « C'est l'émotion. En vrai, on n'a jamais fêté mon anniversaire et j'ai jamais eu de cadeau, à part la vieille boîte à couture que ma maman Antonietta m'a donnée. Je suis pas habitué à être content. »

Rosa me prend dans ses bras. Ses mains sentent la farine et le levain. Je suis réchauffé par la vache qui me souffle dans le dos et Rosa qui me serre contre elle. Elle aussi elle a les cheveux doux comme du coton mais en sombre, comme ses yeux. Je ne sais pas pourquoi mais d'un coup je n'arrive plus à le cacher et je lui avoue : « C'est moi, le voleur de mortadelle. »

Elle me caresse le front, passe un doigt sur mes yeux comme pour essuyer mes larmes. « Il n'y a pas de voleurs chez nous. » Elle me prend par la main et me ramène à la maison.

21

Alcide arrive lui aussi, avec Rivo et Luzio. Il chante de sa grosse voix joyeuse : « *Libiamo, libiamo nei lieti caliciiii*[1]... » Il porte un paquet emballé dans un papier coloré, avec un nœud dessus. « Joyeux anniversaire, gamin ! Meilleurs vœux ! » Ils m'applaudissent tous, à part Luzio. Je reste planté comme un piquet, ils m'encouragent : « Ouvre ! Ouvre ! » mais je ne veux pas déchirer le papier. Dedans, il doit y avoir le petit fusil en bois que j'avais vu dans la vitrine du fabricant de jouets.

Je défais la ficelle, j'ouvre tout doucement le paquet et je reste bouche bée : c'est un violon ! Un vrai violon !

« C'est moi qui l'ai fabriqué, de mes mains, rien que pour toi. C'est un demi. J'y ai travaillé tous les soirs depuis le jour où Mme Rinaldi est venue.

— Mais je ne sais pas en jouer...

— Un de mes clients, Serafini, est professeur de musique. Il te donnera des cours. Comment tu dis,

1. « Buvons dans ces joyeuses coupes », air de *La Traviata*, livret de Francesco Maria Piave, musique de Giuseppe Verdi.

déjà ? Personne ne naît avec la science en infusion ! » Et il se met à rigoler sous sa moustache.

Rivo s'approche, me prend le violon des mains et commence à frotter l'archet sur les cordes en faisant un boucan de tous les diables. Alcide le gronde : « Ce n'est pas un jouet ! Il faut en prendre soin. Garde-le toujours avec toi, Amerigo. C'est ton violon. »

Dans l'étui, il y a un rectangle de tissu avec mon nom écrit dessus : Amerigo Speranza. J'ai les yeux comme des soucoupes, je n'avais jamais rien eu à moi.

« Moi, à mon anniversaire, j'ai eu un vélo, dit Luzio en regardant par la fenêtre. Je laisse personne le toucher. Il est à moi. »

Je caresse le bois brillant du violon, je touche les cordes tendues et fais glisser mes doigts sur les fils de soie de l'archet.

« Tu es content, gamin ? »

Je suis tellement content que je n'arrive même pas à parler. « Oui, papa », je finis par dire. Alcide ouvre les bras et me serre contre lui. Il sent l'après-rasage et un petit peu la colle à bois. C'est la première fois qu'un papa me prend dans ses bras.

« Quand est-ce qu'on mange le gâteau ? demande Rivo en tirant Alcide par le bras.

— Amerigo, il aime pas les gâteaux. Il aime que la mortadelle… », déclare Luzio en montrant le plafond.

Rosa le regarde de travers et il se tait.

« D'abord, il y a une autre surprise », dit Derna. Elle sort une enveloppe jaune clair de sa poche. « C'est pour toi, de la part de ta maman.

— Elle m'a pas oublié, alors ! »

Depuis que je suis ici, on lui a écrit plein de fois mais elle n'a jamais répondu. Derna ouvre l'enveloppe, s'assoit dans le fauteuil et les mots de maman sortent de sa voix. D'un coup, j'ai l'impression d'être revenu dans ma ruelle. Je ne sais pas si ça me fait plaisir ou non.

Maman dit qu'elle a demandé l'aide de Maddalena Criscuolo, qui a écrit cette lettre et lui a lu les miennes. Elle dit qu'elle n'a pas répondu tout de suite parce qu'elle travaillait. Elle dit que dans la ruelle c'est toujours pareil. L'hiver s'annonce froid, heureusement que je suis en Haute-Italie où ils me gardent au chaud, bien habillé et bien nourri. Elle dit que la Jacasse me passe le bonjour et que ma boîte à trésors est bien à l'abri là où on l'a mise, que la Royale n'a pas demandé de mes nouvelles, mais que ça se voit qu'elle se fait de la bile parce que toutes les mamans qui ont fait partir leurs enfants ne racontent que des belles choses et petit à petit elles deviennent toutes communistes tellement elles sont reconnaissantes. Elle dit que Forte-Tête a été libéré grâce à ses amitiés, mais qu'il ne bosse plus avec elle et qu'il n'a plus son étal de chiffons au marché.

Derna et moi, on lui avait écrit pour savoir si elle pouvait venir pour Noël. Elle répond que non. Que là maintenant c'est pas possible. Elle dit que de toute façon ces mois passeront vite et qu'en deux temps, trois mouvements, je serai de retour à la maison, dans ses pattes, comme d'habitude. Elle dit qu'il y a huit ans, à cette même période, je naissais et qu'elle espère que la lettre arrivera à temps pour mon anniversaire. C'était une journée froide, elle a senti que ça venait et elle a fait appeler la sage-femme. Mais lorsque la sage-femme est arrivée, j'étais déjà né, j'étais trop pressé de sortir ma tête du sac. Elle ne me l'avait jamais raconté et ça me fait bizarre que ma maman Antonietta m'en dise plus dans sa lettre que quand on est ensemble.

À la toute fin, après les salutations de Maddalena, il y a un gribouillis tout tordu. C'est le prénom de ma maman Antonietta. Elle dit que Maddalena lui apprend à écrire sa signature, comme ça elle peut la mettre à la place de la croix. Je l'imagine assise à la table de la cuisine avec son stylo, en train de suer et de souffler et de jurer par la Madone de l'Arc, et je suis heureux que sur cette feuille il y ait quelque chose qu'elle a fait de ses mains, rien que pour moi. Comme le violon d'Alcide.

Je demande à Derna si on peut répondre tout de suite, sinon après je vais oublier ce que je veux lui dire. Elle va chercher le papier à lettres et le stylo et elle s'assoit à table. Je dicte et elle écrit, comme M. Ferrari à l'école avec nous, mais à l'envers.

Je lui dis que mon anniversaire c'est aujourd'hui et que sa lettre c'est le plus beau des cadeaux. Je ne lui parle pas du violon, sinon elle va se mettre en rogne. Je dis que Rosa m'a préparé tout plein de bonnes choses, mais que la reine des pâtes à la *genovese*, c'est elle. Je dis qu'en Haute-Italie maintenant tout le monde me connaît, le *verdummaro* qu'eux ils appellent *fruttivendolo*, c'est-à-dire le primeur, le *chianchiere* qu'eux ils appellent le *macellaio*, c'est-à-dire le boucher, le *zarellaro* qu'eux ils appellent le *merciaio*, c'est-à-dire le mercier ; qu'il y a des métiers de chez nous qui n'existent pas du tout en Haute-Italie, comme l'eaufroidier et le viandecuitier. Et le jour où j'ai demandé à Derna où c'est qu'on vendait des *patas* et *mus*, que j'adore, elle n'a rien compris. Elle m'a dit : « Quoi ? » Et j'ai répété : « Des *patas* et *mus* ! » Rien, ça ne marchait pas. « Patasemus », elle disait, elle croyait que c'était un mot latin. J'ai demandé ce que c'est le latin, elle m'a répondu que c'est une langue ancienne. Alors j'ai dit : « C'est possible, parce que les *patas* et *mus*, c'est une spécialité très ancienne, c'est quand on mange les pattes et le museau du cochon. » Là elle a compris et on a été chez le *chianchiere-macellaio*-boucher. Et j'ai découvert que des tripes, ça va, ils en vendent ici aussi. Les pattes et le museau, par contre, c'est pas les gens qui les mangent ici, c'est les bêtes. Voilà, c'était la fin de ma lettre. J'écris mon nom en bas, un peu de traviole pour que ça fasse un peu comme sa signature, et Derna ajoute ses salutations.

J'espère que la lettre arrivera avant la nuit sainte. L'an passé, on n'était que tous les deux, mais à minuit tout le monde est sorti dans la rue pour se souhaiter un joyeux Noël. Même Forte-Tête et sa femme sont venus. Elle, elle avait son sac à main neuf serré sous son bras et elle regardait maman comme si elle lui avait volé quelque chose.

Ici, Noël c'est différent : ils ne font pas la crèche, ils mettent un arbre avec des lumières et des boules colorées accrochées aux branches, comme les saucissons aux poutres du plafond. Ils disent que le Papa Noël va venir déposer des cadeaux au pied de l'arbre. Ce monsieur n'est jamais venu chez moi, peut-être parce qu'il n'a pas trouvé l'arbre. Rivo dit que c'est pas possible, qu'il va chez tous les enfants, qu'il a une barbe blanche et un habit rouge, alors j'ai pensé qu'il allait que chez les enfants de communistes. Nous, le seul qui nous apportait quelque chose de temps en temps, c'était Forte-Tête, mais il n'a pas de barbe, ni blanche ni noire, et pas d'habits rouges non plus. Forte-Tête, il a les cheveux marron et les yeux bleus et puis jamais de la vie je l'appellerais papa, même pas la nuit de Noël.

Derna plie la feuille et la glisse dans l'enveloppe. Je dis que je veux aussi envoyer un cadeau, comme ça ma maman Antonietta pourra l'ouvrir au pied de l'arbre. Il y a un citronnier juste devant le *basso* de la Jacasse, elle peut se servir de celui-là. Derna dit que je n'ai qu'à lui faire un dessin et qu'on l'enverra en même temps que la lettre. Je n'ai jamais fait de dessins. « C'est facile, elle me dit. Je vais t'aider. »

Elle me fait asseoir sur ses genoux, me donne un crayon et place sa main sur la mienne. On dessine les visages, les nez, les yeux, puis les cheveux, les habits. Rivo va chercher ses crayons de couleur, il dit que ce sera encore plus joli, et on remplit tout en rose, jaune, bleu. Les cheveux en coton de Derna me chatouillent le cou pendant que nos mains se promènent et que les visages apparaissent sur la feuille. À la fin, sur le dessin il y a ma maman Antonietta avec sa robe du dimanche, celle avec les petites fleurs. Je l'ai mise dans la maison de la Jacasse, la nuit de Noël, avec Maddalena Criscuolo et Forte-Tête, mais sans sa femme. Dans le *basso* de la Jacasse, j'ai aussi dessiné O'Sole-Mio, peut-être qu'il est revenu et qu'il m'attend là-bas, et puis aussi le singe dressé du vieux, comme ça, ça ressemble un peu à la grotte de Bethléem.

Sur mon dessin, au moins, ma maman Antonietta passera Noël en bonne compagnie.

22

Uliano n'est pas venu à l'école parce qu'il a de la fièvre. Je demande au maître si par hasard c'est pas qu'il aurait attrapé l'asthme bronchique, comme mon frère Luigi, mais il me répond que non : c'est les oreillons. Heureusement, je me dis, sinon j'allais encore me retrouver seul. Luzio est toujours au premier rang, pas loin de moi il y a Benito. Entre nous, ça se passe bien maintenant : il ne se bouche plus le nez et parfois je le laisse copier mes exercices de mathématiques.

Pendant la récréation, tout le monde parle en petits groupes, et Benito et moi on reste à notre place, chacun de son côté. M. Ferrari se lève de son bureau.

« Speranza, Benvenuti, venez ici. »

Luzio et moi on se regarde dans les yeux pour la première fois depuis l'histoire de la mortadelle. « Speranza, une fillette de ta ville est arrivée et le directeur veut qu'on l'accueille bien, pour qu'elle se sente comme chez elle. »

Je jette un coup d'œil à Benito à son pupitre à côté du mien, j'espère que la nouvelle n'aura pas droit au même accueil que moi.

Devant la porte du directeur, il y a Rivo avec la maîtresse des grands. Il m'apprend que la nouvelle sera dans sa classe parce qu'elle a son âge et qu'elle allait déjà à l'école avant de venir ici. Le directeur nous appelle : « Entrez ! » On entre. C'est un grand monsieur tout chauve, qui ressemble comme deux gouttes d'eau à celui du portrait chez Alcide et Rosa. Je demande à voix basse au maître si par hasard le directeur s'appelle Lénine lui aussi, comme celui qui est professeur de communisme. Il le regarde comme si c'était la première fois qu'il le voyait et il se met à rire. Le directeur se lève, fait le tour de son bureau et nous présente la nouvelle. Elle s'appelle Rossana et c'est la fille d'un camarade important. Elle devait habiter chez les Manzi, mais comme la dame est clouée au lit avec une pneumonie, en attendant c'est le curé qui va la garder avec sa gouvernante, Mlle Adinolfi.

Rossana est plus grande que moi, elle a des yeux verts, des tresses noires et l'air en colère. Peut-être parce qu'au lieu de trouver une famille, elle s'est récolté le curé et Mlle Adinolfi.

« Je te présente Amerigo, dit le maître en me poussant un peu en avant. Il est avec nous depuis plus d'un mois et il a bien trouvé ses marques. Eux, ce sont ses nouveaux frères. » Rivo sourit, on voit l'espace entre ses grosses dents. Quand il entend le mot « frères », Luzio souffle, puis il regarde mieux la nouvelle et il devient tout rouge. Elle, elle ne nous regarde même pas, elle ne dit ni merci ni au revoir.

Sur le chemin du retour, Luzio ne reste pas dans son coin comme d'habitude, il marche à côté de son frère et lui pose plein de questions sur la nouvelle : « Ma maîtresse a dit que Rossana va venir dîner chez tatie Derna, ce soir, répond Rivo. Il y aura aussi le maire, qui veut les rencontrer, elle et Amerigo.

— Et pas nous ? C'est pas juste ! fait Luzio.

— Nous, on est nés ici, on vient pas d'arriver !

— Et alors ? Il veut pas nous rencontrer parce qu'on est nés ici ? »

Rivo est un peu déstabilisé, puis il fait son sourire avec un espace au milieu : « Peut-être que nous aussi on peut aller rencontrer le maire.

— Ben oui ! » Luzio prend un air rusé. « On va pas le laisser seul, l'autre, là… »

Mlle Adinolfi amène Rossana et repart tout de suite parce qu'elle doit préparer le dîner du curé. La nouvelle s'assoit à la table de la cuisine, les yeux fixés sur le sol. Elle a changé de robe depuis ce matin, celle-là est rouge avec des bords en velours noir. Je cours dans ma chambre, j'allume et j'éteins trois fois la lumière. À la fenêtre d'en face, de l'autre côté de la route, la lumière s'allume et s'éteint trois fois. C'est le signal que Rivo m'a appris. Quand je reviens dans la cuisine, la nouvelle n'a pas bougé, on dirait une statue. « Vous voulez jouer un peu avant le repas ? » propose Derna. La nouvelle ne répond pas, peut-être qu'elle a la trouille qu'on lui coupe la langue, comme Mariuccia avant qu'elle rencontre sa nouvelle maman blonde. On frappe à la porte, Derna va ouvrir.

« La Royale elle nous a raconté que des craques », je rassure Rossana, et je lui montre ma langue. Mais elle ne comprend pas, elle croit que je me fiche d'elle et me tire la langue.

23

Quelques jours après, on est en train de poser des additions quand je vois la maîtresse de Rivo passer en courant devant la porte ouverte en direction du bureau de Lénine le directeur. Elle parle fort et semble sur le point d'éclater en sanglots : « Elle a demandé à aller aux toilettes, le temps passait et j'ai dit à sa voisine de vérifier que tout allait bien. N'est-ce pas, Ginetta ? »

L'écolière qui a suivi la maîtresse chez le directeur fait oui oui de la tête en secouant ses boucles blondes. Le filet de morve qui coule de son nez se mélange à ses larmes. Tout le monde, directeur, maîtres, employés, se met à la chercher : dans les salles de classe, dans les bureaux, dans le débarras, à la bibliothèque : Rossana n'est nulle part.

« Comment est-il possible que personne ne l'ait vue sortir de l'école ? » crie Lénine le directeur, tout rouge, l'air furieux, pareil que sur le portrait qu'il y a chez Rosa. Le gardien dit que la fillette a peut-être profité du moment où il est allé aux toilettes.

« Il faut prévenir ses parents », dit mon maître.

C'est la première fois qu'on entend la voix de Rossana.

« Vous n'êtes pas en exil, répond le maire. Vous êtes avec des amis qui veulent vous aider, ou plutôt avec des camarades, c'est plus que des amis, parce que l'amitié c'est une affaire privée entre deux personnes, et ça peut se terminer. Alors qu'entre camarades on se bat ensemble parce qu'on croit dans les mêmes choses.

— Mon père est votre camarade, pas moi. J'ai pas besoin de votre charité, j'en veux pas. »

Derna pose sa cuillère. Elle a la tête de quand elle rentre tard du syndicat et que la réunion ne s'est pas bien passée. Le maire lui fait un signe de la main et c'est lui qui répond : « Ça se voit que tu n'as pas encore goûté les tortellinis : ils ont le goût de l'accueil, pas de la charité. » Il sourit encore. « Pas vrai ? » il me demande. Je fais oui de la tête, mais ce que Rossana a dit m'a perturbé : je trouve les tortellinis de Rosa moins bons que d'habitude, ils ont un petit goût de charité et j'ai peur de garder ce goût-là dans la bouche.

« C'est mes parents qui devraient m'accueillir, chez moi, pas des étrangers. »

Rossana parle déjà comme une grande qui est capable de dire tout ce qu'elle pense. En l'entendant, j'ai l'impression d'être d'accord. Derna débarrasse la table et nous donne la permission de nous lever. Rivo et moi on se remet à jouer avec le petit train et Alfeo ouvre le paquet qu'il avait apporté à Rossana : c'est une marionnette de chien avec de grands yeux un peu tristes. Le maire glisse sa main dedans et prend

Le directeur regarde autour de lui comme s'il était perdu.

« Non, il répond à voix basse. Je refuse de rendre cette histoire publique, j'en prends la responsabilité. La ville est petite, où voulez-vous qu'une petite fille aille, à pied ? On va la retrouver. Attendons ce soir et si elle n'a toujours pas réapparu… »

Après l'école, sur le chemin de la maison, on ne parle que de la nouvelle qui a fugué. M. Ferrari nous a dit de ne pas nous faire de souci, que les grands vont s'en occuper. « Les grands, c'est toujours eux qui décident, déclare Luzio. Ce que nous on veut, ils s'en fichent. Toi, c'est pareil, tu voulais pas venir. Ils t'ont forcé. »

Je ne suis pas sûr que maman m'ait forcé, mais je ne dis rien. Je marche en silence en pensant à Rossana, à la tête qu'elle faisait le soir où elle est venue chez nous, avec sa bouche triste et son air absent. Je suis Rivo, qui va donner à boire aux bêtes. La vache pleine est triste, j'ai l'impression qu'elle est malade. Elle aussi elle a la bouche triste, mais elle ne fugue pas. Elle reste.

« Derna, je demande avant de m'endormir, il fait froid, dehors ? » Elle comprend tout de suite, prend mes mains dans les siennes et les serre très fort. « Ils l'ont peut-être déjà retrouvée. Alfeo est obstiné, il n'est pas du genre à se décourager. Il a été résistant dans les montagnes, tu penses si une petite fille va lui échapper… »

Comme tous les soirs, elle laisse un verre d'eau sur la table de chevet et éteint la lumière. Je ferme les yeux, mais impossible de dormir. Il y a trop de bruit et d'images dans ma tête : la bouche de Rossana qui ressemble à celle de la vache triste, la marionnette en forme de chien, le maire résistant, les leçons du maître, les saucissons accrochés au plafond, le trajet en train avec les autres enfants, l'autocar où je me suis endormi en chaussettes. Luzio a raison : les grands ne comprennent rien aux gosses. Je m'approche de la fenêtre pour voir si Rivo et Luzio sont encore réveillés. J'allume et j'éteins trois fois la lumière. Rien. Je réessaie encore trois fois. Je reviens au lit, peut-être qu'ils dorment déjà. Juste là, le signal s'allume dans le noir : un, deux, trois. Je m'habille, enfile mes chaussures, mon manteau, mon chapeau, je prends un gros morceau de parmesan dans le buffet puis je sors à pas de loup de la maison, je traverse la route et j'attends dans la cour. Pas un bruit. Seule la vache pleine pousse un meuglement de temps en temps. Le froid monte de la terre et entre dans mes chaussures. Je voudrais retourner à l'intérieur pour me mettre au chaud, mais une lumière s'approche. C'est Luzio avec une lampe. « J'ai pas réveillé Rivo, sinon il allait tout répéter à maman.

— Je sais peut-être où est Rossana. Tu connais le chemin pour aller à l'arrêt de l'autocar ?

— On y va », il répond.

On marche côte à côte et on ne se dit presque rien. Les rues sont désertes mais il les connaît bien et il n'a pas peur. Moi, un peu. Je sors la main de ma poche pour chercher la sienne. Luzio la serre doucement, trois fois, comme pour notre signal secret. Au bout d'une demi-heure, peut-être plus, on arrive à l'arrêt de l'autocar. Le dernier autocar pour Bologne va partir, son moteur est déjà allumé et ses phares éclairent le guichet. Je cours avec Luzio pour regarder dedans. Il y a trois hommes et une femme. Pas de Rossana. Je me suis trompé, on est venus pour rien. Il est tard, le ciel est tout noir.

« On rentre à la maison ? » propose Luzio. Comme il fait froid, on va d'abord se réchauffer un peu dans la salle d'attente et on s'assoit sur un banc. Elle est là, assise dans un coin, et regarde par terre avec son air sérieux. Je fais signe à Luzio de ne rien dire et m'approche lentement. Quand elle me voit, elle se lève d'un bond comme pour s'enfuir puis elle s'arrête, elle ne sait même pas où aller. Je sors le bout de parmesan de ma poche et le lui tends. Elle le prend sans rien dire et l'engloutit en deux bouchées. Elle n'avait rien mangé depuis ce matin.

« Je sais qu'au début c'est bizarre, je lui dis. Je te comprends…

— Tu peux rien comprendre du tout, elle me coupe avec sa voix d'adulte. Je suis pas comme toi. Je suis comme aucun d'entre vous. »

Ça me met un coup : qu'est-ce que ça veut dire ? Luzio attend, assis sur le banc d'en face. Rossana essaie d'arranger ses tresses toutes dépeignées. « Chez moi j'ai jamais manqué de rien. Tu sais où j'habite ? Si je te le dis tu vas rire. Une des plus belles rues de Naples. C'est mon père qui m'a obligée à partir, pour donner l'exemple aux autres, il a dit. Mais en fait c'était juste pour faire le beau. Ma mère l'a supplié mais il n'a rien voulu entendre. Pourquoi moi, alors que je suis la plus jeune ? Qu'est-ce que j'ai à voir avec ça ? C'est pas juste ! C'est pas juste ! »

Elle sanglote. Une de ses tresses s'est défaite, son ruban rouge est tombé par terre. Le chef de gare nous remarque et s'approche. « Où sont vos parents, les enfants ?

— Loin, répond Rossana, toujours en larmes. Très loin. »

Luzio et moi on lui explique la situation et il dit : « J'appelle immédiatement M. le maire. »

Au bout d'un moment, le maire arrive en personne. Il est aussi détendu que l'autre soir et il sourit. « Quelle chance ! Trois enfants courageux d'un seul coup ! Toi, par contre, tu t'es trompée, il dit à Rossana. On ne s'en va pas comme ça, sans même avoir goûté les tortellinis de Rosa ! Et je ne parle même pas des saucissons… »

J'épie Luzio du coin de l'œil mais il ne dit rien, je ne suis même pas sûr qu'il nous écoute. Il se penche pour ramasser le ruban que Rossana a perdu et le glisse dans sa poche.

Quand on frappe à la porte de chez lui, personne ne nous ouvre, toutes les lumières sont éteintes. Puis un cri affreux sort de l'étable. On y va en courant et on trouve Rosa les mains pleines de sang. Rossana hurle et repart dans l'autre sens comme une flèche. Je me cache derrière le maire pendant que Luzio va trouver sa mère. Au bout d'un moment on entend un autre cri, mais moins fort, comme un pleur d'enfant. Rosa nous fait signe de venir, Rossana revient aussi pour voir. La vache est couverte de sueur, elle a la tête de quelqu'un qui a failli y passer. Le bébé veau a encore les paupières toutes collées et il réclame à manger. Rossana s'approche, elle lui caresse la tête de ses mains qui tremblent. « Mange, mon petit, ta maman est là, à côté de toi. »

Le veau sent l'odeur de la vache, il se colle à elle et se met à téter. Rivo revient du fond de l'étable, il était allé chercher du foin. « Comme vous vous baladez la nuit sans moi, c'est moi qui choisis le nom du veau !

— Non, c'est pas possible. C'est mon tour, c'est moi qui choisis ! se rebelle Luzio.

— C'est vrai, intervient Rosa. C'est le tour de Luzio, même s'il a intérêt à m'expliquer ce qu'il fait dehors avec le maire à cette heure. »

Luzio regarde le veau, puis moi, puis encore le veau.

« J'ai choisi : je veux l'appeler Amerigo », il déclare. Et il sort de l'étable.

J'en reste baba. Pendant un moment, tout me semble irréel. Le veau a fini de téter, il s'est couché sous sa maman et il s'est endormi. Il a les pattes aussi fines que des brindilles, le poil ras, et il est si maigre que quand il respire on peut compter ses côtes. Et il s'appelle comme moi.

Une fois qu'on est tous dans la cuisine, Rosa veut savoir pourquoi on est sortis tout seuls dans la nuit. « Ils sont partis chercher quelque chose qui s'était perdu, dit le maire en regardant Rossana. C'était une action héroïque, Rosa, il ne faut pas que tu les grondes. Au contraire, ils méritent une médaille. »

J'imagine la tête de maman quand elle me verra rentrer avec une médaille, comme Maddalena Criscuolo.

Le lendemain, Lénine le directeur nous fait appeler, Luzio et moi, et pour de vrai il fixe une médaille sur notre poitrine et aussi une cocarde tricolore. Nos camarades de classe veulent savoir pourquoi, et nous en racontant on en rajoute. Rossana vient nous dire bonjour pendant la récréation, ses tresses sont de nouveau bien faites, elle porte une belle robe bleu ciel et je la vois sourire pour la première fois quand elle annonce que son père va venir la chercher pour la ramener à la maison. Luzio sort le ruban rouge de la poche de son pantalon. « Garde-le, dit Rossana. Ce sera un souvenir. » Luzio serre le poing et le ruban disparaît entre ses doigts.

M. Ferrari nous demande de revenir à nos places, et vu que Benito aussi a attrapé les oreillons, tout le monde veut s'asseoir au pupitre à côté du mien, qui est resté vide. « C'est moi qui m'y mets, dit Luzio. Je suis son frère. » Et il s'installe au dernier rang.

24

Les vacances ont commencé et on n'a pas revu Rossana. Pour le premier de l'an, quand on est allés écouter le concert de la fanfare dans la grande salle municipale, le maire nous a expliqué que son père était venu la chercher quelques jours avant Noël. Rossana avait dit la vérité : elle n'est pas comme moi. Elle nous a laissé un petit mot pour nous souhaiter la bonne année, mais Luzio n'a pas voulu le lire. C'est bête pour elle, parce qu'elle rate la fête de la Befana[1] du résistant organisée par Derna.

La place principale, avec son grand campanile, est pleine de lumières et toute décorée. Les camarades sont déguisées en *befane*, elles ont un long nez et des chaussures trouées. Rivo et Luzio rigolent. Moi non, parce que moi aussi j'ai porté des chaussures trouées : ça fait mal aux pieds et c'est vraiment pas drôle. Tous les enfants, ceux du Nord et du Sud, reçoivent un

1. Vieille dame ressemblant à une sorcière qui, la nuit de l'Épiphanie, vient distribuer des friandises et des cadeaux aux enfants dans les chaussettes suspendues à cet effet dans les maisons – ou du charbon à ceux qui se sont mal comportés pendant l'année. La Befana est fêtée dans toute l'Italie.

sachet avec des bonbons et une marionnette en bois. Alcide et Rosa boivent du vin rouge et dansent, moi, Rivo et Luzio on joue avec nos camarades de l'école. Nario est dans sa poussette et, comme il a déjà mangé, il dort à poings fermés malgré la musique et les voix. Quand les compétitions commencent, on tombe tous les trois dans la même équipe et on gagne une cocarde et trois oranges. Moi je n'avais jamais rien gagné avant, même pas à la tombola que la Royale organisait le 31 décembre, parce que maman n'avait pas de sous pour acheter des tickets.

Après, c'est le spectacle de la chorale : quand ils nous mettent en ligne, à côté de moi il y a un enfant aux cheveux bouclés lissés en arrière avec de la brillantine. On a du mal à se reconnaître.

« Ameri', c'est toi ? On dirait un acteur de cinéma !

— Tu te fiches de moi, Tommasi'. T'as dû en manger, du saucisson, dis ! T'as autant de bide que la Royale ! »

De l'autre côté de la place, je vois le monsieur moustachu chez qui il est allé et sa femme, qui a des bras musclés et une grosse poitrine. Il y a aussi leurs deux fils, qui sont grands et ont eux aussi une moustache, ils ressemblent à leur père. Lui, il agite la main pour faire coucou à Tommasino pendant qu'on chante et j'ai l'impression que Tommasino aussi lui ressemble un peu, maintenant.

Luzio est deux rangs devant nous, de temps en temps il se retourne, curieux. D'habitude, c'est lui qui connaît tout le monde et moi personne. Là, c'est le contraire : je revois aussi le petit brun, le blond sans dents, mais elles ont repoussé entre-temps, et plein d'autres qui sont partis en même temps que moi. Sauf que maintenant, ils sont tous beaux et élégants et on ne sait plus qui sont les gosses du Sud et ceux qui étaient déjà dans le Nord. Tommasino et moi on se dit que Mariuccia doit être par là et on se met à chercher une petite fille maigre et blonde, qui ressemble à un poussin avec ses cheveux courts, mais on ne la trouve pas. On s'assoit sur un banc à côté des sandwichs, on se fait servir du jus d'orange par une *befana* résistante et on regarde les autres qui jouent à chat. Luzio nous rejoint et, au bout d'un moment, Tommasino se met à lui raconter l'histoire des rats repeints. C'est là que j'aperçois Mariuccia. Elle tient la main à ses parents d'ici. Ses cheveux ont poussé et sont devenus tout bouclés, aussi beaux que ceux des dames sur les affiches de cinéma. Elle a le visage rond et elle porte une robe rose foncé, de la même couleur que ses joues. Elle porte aussi une ceinture avec des petites fleurs et elle a les mêmes fleurs dans les cheveux. Mariuccia est devenue belle !

Tommasino et moi, on en reste bouche bée. Aucun de nous n'a le courage de l'appeler mais dès qu'elle nous voit, elle court vers nous et nous serre très fort dans ses bras. Ce n'est que Mariuccia qui nous embrasse mais ça me fait une drôle d'impression, et à Tommasino aussi, ça se voit.

« Ben, comment va ? M'man, p'pa, z'est mes amis de Naples », elle dit à la dame blonde et à son mari avec un accent d'ici incroyable, et là je comprends que Mariuccia ne repartira pas avec nous, parce qu'elle a trouvé sa famille.

Moi, je veux retrouver ma maman Antonietta, mais avant je dois finir tout ce que j'ai encore à faire ici. Je dois construire une cabane secrète derrière l'étable avec Rivo et Luzio. Je dois dresser le petit veau. Je dois apprendre à bien jouer du violon avec M. Serafini. Au début, j'ai vraiment cru que c'était pas ma spécialité. J'avais mal aux doigts et c'était pas de la musique qui en sortait mais comme des cris de chats qui se battent la nuit. Je regardais par la fenêtre de l'atelier d'Alcide les autres enfants faire des batailles de boules de neige, et moi je passais des heures à répéter devant mon professeur : *do-oo-oo-oo*. Un soir, à force de faire et de refaire les exercices, mon violon a arrêté de miauler et j'ai enfin entendu de la musique. Je n'arrivais pas à croire que c'était moi qui l'avais fait naître de mes mains.

Et puis, avant de partir, je dois aider Derna à organiser le communisme parce que toute seule elle se fatigue. Elle travaille toujours beaucoup, toute la journée, et le soir elle vient me chercher chez Rosa et on rentre ensemble. Elle reste un peu sur mon lit, on se raconte notre journée et elle me lit une histoire d'un livre plein d'animaux, avec les gentils et les méchants : le renard, le loup, la grenouille, le corbeau. Toutes les deux ou trois pages, il y a un dessin coloré. Parfois, Derna me montre un mot. « Maintenant, c'est toi qui lis », elle me dit. Ou alors, si on est vraiment très très fatigués, elle me chante une chanson pour que je m'endorme. Comme elle n'a jamais appris de berceuses, elle me chante des chansons qu'elle connaît, comme celle qui dit *« bandiera rossa la trionferà* », et à la fin je crie : « Vive Derna, Rosa et la li-ber-té[1] ! »

Quand il a fallu organiser la Befana du résistant, le soir on s'asseyait à la table de la cuisine et elle me demandait des conseils : comment décorer les chaussettes, quels jeux organiser, quelles chansons faire jouer à la fanfare. Après la dernière réunion pour la fête, quand Derna est venue me chercher chez Rosa, elle avait l'air triste. Rivo, Luzio et moi nous étions en train de jouer avec les constructions en bois qu'Alcide nous a fabriquées. D'habitude, elle reste un peu pour discuter et boire un verre de rouge. Ce soir-là, elle n'a même pas enlevé son manteau et elle m'a ramené à la maison. Sans rien dire. J'ai pensé que c'était ma faute, que je lui avais donné de mauvais conseils et qu'elle était en colère contre moi. Mais quand elle a enlevé son manteau, j'ai vu qu'elle avait les joues rouges comme si elle avait pris un coup de chaud ou de froid. Puis on s'est mis à table et soudain, d'un coup, elle a fondu en larmes. Je ne l'avais jamais vue pleurer, alors je m'y suis mis moi aussi. On est restés comme ça, comme deux imbéciles, à pleurer sur nos vermicelles. Elle ne voulait pas en parler, elle disait ce n'est rien. Quand on a été se coucher, il n'y a eu ni histoires d'animaux ni chansons.

Le lendemain, c'était un samedi. Pendant que Luzio et moi on jouait à cache-cache, j'ai entendu

1. « Bandiera rossa » (« Drapeau rouge ») est une chanson révolutionnaire italienne, dont le dernier refrain dit *« bandiera rossa la trionferà / evviva Lenin la pace e la libertà »* (« le drapeau rouge triomphera / vive Lénine, la paix et la liberté »).

Derna discuter avec Rosa d'un camarade, un gros bonnet, qui était venu à la réunion. Il n'avait rien eu à redire sur l'organisation de la fête parce que tout était bien préparé. Puis le gros bonnet avait voulu lui parler en tête à tête. Derna lui avait expliqué ce qu'elle faisait au syndicat et pour la campagne électorale. Il lui avait fait comprendre qu'il valait mieux qu'elle s'occupe juste des fêtes pour les enfants et de la charité pour les pauvres. Caché dans la cuisine, entre le poêle et le buffet, j'entendais tout. Derna avait dit au gros bonnet que des femmes s'étaient battues auprès des résistants, qu'elles avaient tiré avec leur pistolet et qu'elles avaient même reçu des médailles. Je me suis souvenu de la médaille de Maddalena Criscuolo et du pont de la Sanità, qui n'avait pas explosé grâce à elle. Et alors le type lui avait demandé si elle voulait une médaille elle aussi. Derna lui avait répondu que beaucoup de femmes méritaient une médaille juste parce qu'elles ne quittaient pas le Parti. Et là, il lui avait donné une grosse claque. Elle n'avait pas pleuré, elle disait à Rosa. Je suis resté dans ma cachette, muet. Ma maman Antonietta, elle aurait réagi. Elle lui en aurait retourné deux autres. Mais Derna, elle, s'était mise à chanter, comme Maddalena à la gare : « *Sebben che siamo donne, paura non abbiamo*... » Comme c'était une des berceuses qu'elle me chantait le soir avant de m'endormir, je suis sorti de ma cachette pour chanter avec elles mais quand elles m'ont vu apparaître de derrière le poêle, Derna et Rosa se sont mis les mains sur la poitrine tellement elles ont eu peur, et au lieu de continuer à chanter elles ont poussé un cri. On n'a plus jamais entendu parler du gros bonnet.

Les *befane* résistantes nous mettent en ligne et, chacun à tour de rôle, elles nous couvrent les yeux d'un foulard. Avec une longue masse on doit taper sur une casserole en terre cuite accrochée à un poteau. Celui qui y arrive mange les bonbons qu'il y a dedans. « C'est une *piñata*, nous explique Luzio. Vous y avez déjà joué, dans le Sud ?

— À moitié, dit Tommasino.

— Comment ça ?

— Avec une masse, plein de fois, mais sans la casserole. »

Quand c'est à moi, je prends le bâton à deux mains, Derna me bande les yeux. En me préparant à taper, je repense au premier jour, quand j'étais resté le dernier jusqu'à ce qu'elle arrive. Elle m'avait semblé grande et forte alors que maintenant c'est comme si elle avait rapetissé. C'est vrai qu'elle sait des tas de choses, et qu'elle connaît même un peu de latin, mais par rapport à la vie elle est plus ignorante qu'un gosse. Si je ne suis pas là, qui va la défendre ?

Alors je m'imagine la bobine de ce gros bonnet et je tape de toutes mes forces, la casserole se casse avec un bruit de verre brisé, tous les enfants crient de joie et une pluie de bonbons tombe sur mon visage.

25

Noël est passé, et la Befana aussi. La pomme que maman m'avait donnée au moment du départ n'a pas bougé de mon bureau de tout ce temps. Je voulais la garder en souvenir, mais jour après jour elle est devenue de plus en plus sèche et noire, je ne peux plus la manger.

« Rosa, je dis un jour en rentrant de l'école. Quand est-ce que je dois partir ? »

Rosa arrête d'écosser les haricots et reste un moment silencieuse, dans ses pensées. « Pourquoi tu me demandes ça ? Tu n'es pas bien ici, chez nous ? Ta maman te manque ?

— Non, oui, un peu… C'est que j'ai peur qu'au bout d'un moment elle ne me manque plus. »

Rosa me tend des haricots. « Tu as vu combien il y a de graines dans chaque cosse ? Il peut y en avoir beaucoup à la fois. Comme dans ton cœur. »

Elle en ouvre un. « Compte. » Je passe le doigt sur chaque graine. « Sept.

— Tu vois ? »

Elle me chatouille le nez avec une cosse vide.

« Comme nous : Alcide, Derna, les enfants, moi et ta maman aussi. On y rentre tous. »

J'aime l'aider, ouvrir la cosse dure et humide et détacher une à une toutes les petites boules blanches. J'aime aussi le bruit des haricots qui tombent dans la soupière en céramique et puis voir les cosses s'entasser sur un coin de la table.

Rosa tourne la tête vers la fenêtre : « Tu t'en iras quand les champs seront jaunes et le blé bien haut. »

Je regarde dehors pour voir où en sont les champs, pour le moment il n'y a encore rien : il fait froid et la campagne est grise.

Une semaine après, le beau temps arrive et, en rentrant du travail, Derna m'annonce : « Demain, on va tous à Bologne en autocar. »

Je m'approche de la fenêtre, il n'y a toujours pas de blé. « Vous me renvoyez déjà ? On n'a pas encore fini la cabane…

— Et quand il joue du violon, il faut se boucher les oreilles ! » ajoute Luzio pour se ficher de moi.

Au début, je veux lui répondre que c'est pas vrai, que M. Serafini dit que je progresse et que je suis très doué, mais après je comprends qu'il dit ça pour ne pas que je parte. Derna nous rassure et explique que ce n'est pas encore le moment, on va à Bologne pour une surprise.

Le lendemain, on sort de l'autocar tout endimanchés et on va au bâtiment où nos nouvelles familles étaient venues nous chercher. À l'entrée, il y a de nouveau les tables dressées et la fanfare. Je reste collé à Derna au cas où on voudrait me faire repartir, parce que tout ressemble à ce jour-là, comme dans un voyage à reculons.

Quand les musiciens se mettent à jouer, Derna monte sur l'estrade en bois et je me retrouve seul. Je voudrais lui demander de descendre et de ne pas se mettre à chanter parce que je n'ai jamais osé le lui dire, mais elle chante un peu faux. Heureusement, elle doit juste parler. Elle dit que nous avons une hôte d'importance, une femme intelligente qui réfléchit sans préjugés et qui a été invitée pour pouvoir s'assurer par elle-même des conditions de vie des enfants des trains. Qu'elle a fait un long voyage fatigant pour rapporter des nouvelles aux mères de sa ville. Un roulement de tambour part de la fanfare et une petite dame grassouillette avec les cheveux en chignon et une écharpe tricolore sur la poitrine monte sur l'estrade.

Je n'arrive pas à y croire. Dans la foule, je repère Tommasino au premier rang, à côté de son papa moustachu, je me faufile jusqu'à lui : « Faut qu'on fiche le camp : la Royale nous a retrouvés ! »

Il ne m'entend pas parce que la Royale a pris le microphone et s'est mise à crier dedans. Elle dit qu'elle est contente de cette invitation, qu'au début à la vérité elle avait quelques doutes sur cette histoire de trains mais maintenant qu'elle est là et qu'elle nous voit tous bien gras et bien habillés, elle se sent un peu communiste elle aussi, même si dans son cœur elle reste monarchiste, par fidélité. Puis elle sourit avec sa bouche sans dents et le public applaudit. La Royale baisse un peu la tête et fait une révérence, comme une chanteuse de la fête de Piedigrotta.

Derna me rejoint à côté de Tommasino.

« Comment elle a fait pour nous retrouver ? je lui demande.

— C'est nous qui l'avons invitée pour que tout le monde soit bien au courant que vous avez toujours vos mains et vos pieds et qu'aucun de vous n'a été envoyé en Russie.

— Alors c'est pas qu'elle va nous ramener à Naples ? » je demande, pour être sûr. Tommasino me donne un coup de coude et me fait signe de me taire.

« Elle a bien fait de venir, la Royale ! » Il se marre. « La moustache est très à la mode dans le coin ! »

La Royale fait le tour de la pièce, le maire lui fait goûter les spécialités d'ici. Elle mange et boit sans s'arrêter de parler. Elle va voir tous les enfants pour leur demander de quel quartier ils viennent, qui est leur maman, qui est leur père, comment ils vont, s'ils vont à l'école, etc. Ils répondent presque tous la même chose, c'est-à-dire que les premiers jours ils étaient un peu tristes, mais qu'ensuite ils se sont habitués et maintenant ils sont mieux que chez eux. Tommasino et moi allons la voir et la tirons par la robe. « Donna Royale ! Donna Royale ! » Sur le coup, elle ne nous reconnaît pas. Puis elle montre ses gencives. « Donna Royale, je dis. Vous avez vu ? Ici, il y a de la di-gni-té ! »

Elle essaie de me prendre dans ses bras. « Que tu as grandi, mon trésor ! Ta maman Antonietta ne va pas te reconnaître, quand tu vas rentrer ! Viens là, fais-moi un bisou », et je sens ses lèvres toutes poilues sur mon visage. Tommasino réussit à s'esquiver.

Je demande des nouvelles de maman, de la Jacasse et de nos voisins de la ruelle. Elle avait fait toute une histoire pour ne pas qu'on parte et maintenant, je me demande si la prochaine fois que j'irai chez elle, il n'y aura pas une photo de Lénine à la place du roi moustachu.

À la fin de la fête, on nous tire même le portrait. « Souriez », dit le photographe. Mais la Royale n'est pas prête. « Attendez ! » Elle se tourne vers nous et nous ordonne de lever les mains. « Comme ça, les mauvaises langues ne pourront plus dire qu'on vous les a coupées ! »

Quand je vois la photographie accrochée dans notre école, on est tous en train de rigoler, les doigts en éventail.

26

Derna m'avait promis qu'on irait le premier jour où il ferait vraiment soleil. Ce jour-là, c'est aujourd'hui. On s'est levés tard, parce que c'est dimanche. J'ai ouvert les yeux, la lumière blanche qui passait entre les persiennes zébrait mon lit de rayures. Je suis allé à la fenêtre, les champs sont devenus jaunes et le blé est en train de pousser, mais il n'est pas encore haut.

Derna était déjà prête dans la cuisine, elle avait une belle robe claire que je n'avais jamais vue. D'habitude, elle porte son chemisier blanc et sa jupe grise avec sa veste, même le dimanche. Avant, elle mettait une veste noire mais après elle a dit que le deuil était terminé et qu'il fallait aller de l'avant. Lui, je l'ai vu sur une photo que Derna cache dans son sac à main. Elle l'a toujours sur elle et ne la montre jamais à personne. Mais hier elle me l'a montrée. Elle a dit qu'il était courageux, un vrai camarade. Il est mort dans une action contre les fascistes. Puis elle a refermé son sac et n'a plus rien dit. N'empêche qu'aujourd'hui, elle a rangé ses vêtements sombres et a sorti sa robe claire.

Le jeune homme sur la photo était maigre, avec un visage joyeux. Rosa m'a dit que je lui ressemble, qu'il avait les yeux bleus lui aussi. Derna l'avait rencontré à une réunion du Parti. Elle faisait un discours sur l'estrade et Rosa et Alcide étaient assis dans le public. À un moment donné, des jeunes gens sont entrés et se sont mis à côté de la fenêtre. Derna s'est tournée vers eux et l'a vu. Elle a arrêté de parler pendant un moment puis elle s'est reprise et a continué son discours.

Le jeune homme était amoureux, il voulait l'épouser à la fin de la guerre. Mais il avait deux ans de moins qu'elle. Et ceux du Parti ne voulaient pas. Rosa dit que parfois les camarades sont pires que les commères dans les villages. Ils n'ont que la liberté à la bouche, mais après ils ne veulent pas la donner. Surtout pas aux femmes. Derna en souffrait.

Lorsque le malheur est arrivé, elle a mis ses vêtements sombres et n'a plus adressé la parole à personne. Elle s'est plongée dans le travail et a arrêté de sourire. « Et puis tu es arrivé », a dit Rosa. Et elle m'a pincé la joue, comme elle fait avec ses enfants.

Derna arrange sa robe sur ses hanches. On dirait une jeune fille, elle a même mis un peu de rouge à lèvres.

« Aujourd'hui, on va tous à la mer ! » Elle met les sandwichs au fromage et au *culatello* et une bouteille d'eau dans un panier. Elle m'a préparé une chemise blanche à manches courtes, des culottes courtes bleues et des chaussures à œillets, toutes neuves. J'ai arrêté de compter les points parce que par ici ils portent tous des chaussures neuves ou à peine abîmées, donc c'est pas très intéressant. Et puis, même si j'arrive à cent, je ne sais plus quoi demander, vu que j'ai tout ce qu'il me faut. D'un coup, j'ai envie de courir. Alors je cours dans la cuisine, autour de la table, trois fois, quatre fois, puis je me jette sur Derna et je la serre fort dans mes bras. Elle vacille, perd l'équilibre et on roule sur le canapé. Je ne la lâche pas, j'enfonce mon visage dans son ventre et je respire son odeur. Derna ne me lâche pas non plus et on reste serrés tous les deux sur le canapé, à rire comme des imbéciles dans nos habits de printemps.

Quand Alcide frappe à la porte avec Rivo et Luzio, Derna prend le panier et, avec Rosa qui porte le petit dernier dans ses bras, on va vers l'autocar qui nous emmènera à la mer. Pendant le trajet, on chante tous : « Vive Derna et Rosa et la li-ber-té ! »

Le soleil cogne sur la plage et l'air est chaud. La mer est calme, plate, on dirait qu'elle est toute bien peignée. Il y a aussi d'autres enfants, dont beaucoup étaient dans le train avec moi. Quand Tommasino me voit, il me jette du sable.

Par contre, Mariuccia n'est pas là. Tommasino dit que ses nouveaux parents veulent la garder pour toujours. « Et son père le savetier ? » je demande. Tommasino remonte son pantalon et enlève ses chaussettes. Il lève les yeux vers le ciel et dit que son père savetier, ça lui rend service si on le soulage d'un de ses enfants. Je regarde Derna, Rosa et Alcide. Je me demande si eux aussi voudraient me garder pour toujours.

« Mon papa d'ici m'a dit que je peux revenir quand je veux, me raconte Tommasino. Que sa porte sera toujours ouverte. C'est eux qui viendront dans le Sud pendant les vacances d'été. Ils continueront à penser à moi et à m'aider. »

Je me déshabille et reste en caleçon à rayures blanches et bleues. Tommasino éclate de rire : « Qu'est-ce que tu fais ? Tu te mets en culotte devant tout le monde ?

— C'est un maillot de bain.

— Tu disais pas que la mer ça sert à rien ?

— Tu veux voir ? »

Je pars comme une flèche dans l'eau, j'avance, le sable est froid et mou sous mes pieds. L'eau est gelée mais pas question de faire demi-tour devant Tommasino. Je veux lui prouver que je suis comme les gens du Nord.

Quand elle était plus jeune, Derna savait bien nager. Elle m'a expliqué comment on fait et je suis sûr d'y arriver. Tommasino m'appelle de la plage : « Ameri' ! Où tu vas ? »

Je me retourne. Derna bavarde avec des dames, sous un parasol. « Derna, regarde ! » Dès qu'elle lève les yeux, je plonge. L'eau couvre mon visage. J'agite les mains et les pieds dans tous les sens, comme elle m'a dit, et je sors la tête. Mais le goût salé me remplit la bouche et le nez, et je n'arrive plus à respirer. Je repars sous l'eau, impossible de garder les yeux ouverts.

Je ne l'imaginais pas comme ça, l'eau de mer. Elle a l'air légère mais une fois qu'on l'a sur la tête, elle est très lourde et elle pousse vers le fond. Je me souviens des explications de Derna et je continue de bouger mes mains et mes pieds. Mais moins fort. Je sors la tête encore une fois et j'aperçois Tommasino qui pleure avec ses boucles toutes décoiffées, comme il les avait avant la brillantine de son papa du Nord, et Derna qui court sur le sable avec sa robe claire qui s'entortille autour de ses jambes. Je ne vois pas son visage parce que je n'ai plus pied et que j'ai de l'eau dans les yeux, mais je suis sûr qu'elle fait la même tête que le soir de la réunion avec le gros bonnet. Je n'arrive plus à résister, je coule. Je plisse les yeux et le sel me brûle la gorge, je ne respire plus.

Quelque chose me serre les poignets. Les mains de Derna. Elles me prennent, ne me lâchent pas, se battent contre l'eau. Le poids sur ma tête devient un peu plus léger, et pareil pour l'obscurité sur mes yeux, et Derna, plus forte que la mer, me ramène à la surface. Je ne vois plus rien. La figure de ma maman Antonietta, le rire de la Jacasse et puis rien de nouveau.

Je rouvre les yeux, Derna appuie sur ma poitrine et à chaque fois un peu d'eau salée sort de ma bouche et de mon nez. Rosa me réchauffe avec une serviette qu'elle avait prise pour qu'on s'allonge au soleil et Alcide me met une bouteille de vinaigre sous le nez. Rivo et Luzio regardent sans rien dire. À côté, Tommasino continue de pleurer, toujours aussi fort.

Derna a les cheveux mouillés et elle n'a plus de rouge à lèvres. Ses yeux sont devenus aussi gris que la mer. « Ne m'abandonne pas, je dis en la serrant fort.

— Je ne t'abandonnerai pas. Je serai toujours là. »

Pour la deuxième fois de la journée, on reste collés l'un contre l'autre. Sans rigoler, cette fois.

27

Les champs sont jaunes, le blé est haut mais il n'y a pas de soleil, ce matin, et à cause du petit brouillard qui cache la route, on a l'impression qu'on n'arrivera jamais.

Rosa m'a donné un sachet avec des sandwichs, des *tortelli* et des pots de confiture à la pêche, à la prune et à l'abricot qu'elle a faits. Avant que je parte, on est allés ensemble au four et je l'ai aidée à sortir les friands au saucisson et au fromage. Elle les a enveloppés dans du papier et puis dans un torchon à rayures jaunes et blanches. « C'est pour toi », elle a dit. Ensuite, elle a sorti le pain. Ils le mangeront à midi, sans moi.

Rivo et Luzio m'attendaient derrière l'étable pour graver nos prénoms devant notre cabane en bois. Chacun a écrit le sien. Puis Rivo a pris son canif et a ajouté dessous, en majuscules : BENVENUTI.

« C'est notre maison », il a dit. Ça m'a fait bizarre de voir mon prénom à côté de leur nom de famille, mais ça m'a rendu heureux.

Alcide m'a appelé : « Il faut qu'on y aille, gamin, sinon on va rater l'autocar ! »

J'ai dit à Rivo et Luzio : « Attendez-moi une minute ! » et j'ai couru chez Derna. Quand je suis revenu, j'ai tendu la main et j'ai dit à Luzio : « Tiens, elle est à toi. » C'était la bille que j'avais prise le premier jour.

Il a répondu : « Garde-la, tu la rapporteras quand tu reviendras, t'es pas un voleur. » Puis il a souri et s'est frotté les yeux avec sa manche.

Dans l'autocar, Alcide et Derna restent silencieux. Après l'histoire de la mer, je n'ai plus revu la robe claire de Derna ni son sourire. Aujourd'hui, elle porte son chemisier blanc et sa jupe grise. Il fait gris par la fenêtre aussi, dans le brouillard on ne voit que quelques arbres qui passent tout près et les maisons les plus sombres. Des gouttes de pluie éclaboussent la vitre du car, d'abord quelques-unes, puis de plus en plus. « Enfin un peu de pluie après la chaleur de ces derniers jours », commente Alcide.

Il n'avait pas encore dit un mot depuis qu'on est partis : « La pluie est nécessaire pour la végétation. Parfois, les choses semblent mauvaises mais elles sont bonnes. Pas vrai, Derna ? Notre Amerigo rentre retrouver sa maman. Il y a de quoi être content pour lui ! »

Elle ne répond pas. Je ne veux pas la voir triste. Je retire mes chaussures comme pendant le trajet de l'aller et je lui chuchote : « On chante la chanson des femmes ? »

Derna fait un faux sourire et se met à chanter. La chanson, elle, sonne vrai. D'abord à voix basse puis, quand on descend du car, de plus en plus fort : *« Seeebben che siamo donne, paura non abbiamo, per amor dei nostri figli, per amor dei nostri figli...* » Et chaque fois qu'elle dit le mot *figli*, elle serre ma main, comme quand elle m'a sorti de l'eau. Alcide et moi on la suit : on chante tous les trois à gorge déployée, dans la rue, dans la gare, en nous tenant par la main, moi entre eux, et jusqu'au train on chante sans jamais s'arrêter.

Le train est rempli d'enfants, mais moins qu'à l'aller. Certains sont restés avec leurs nouveaux parents du Nord, comme Mariuccia, et à l'inverse d'autres sont déjà redescendus, comme Rossana, parce qu'ils n'ont pas supporté la nostalgie ou la colère. Dans la foule, j'aperçois Tommasino, avec ses cheveux pleins de brillantine. La moustache de son papa a poussé, elle est remontée en pointes. Sa maman à la grosse poitrine lui a donné un sac plein de bonnes choses à manger, comme Rosa a fait avec moi. Alcide entre dans le compartiment et range les bagages, tandis que Derna me tient la main par la fenêtre. On ne se dit rien. On continue à chanter notre chanson jusqu'à ce que le train parte et que les doigts de Derna m'échappent, elle devient de plus en plus petite et son chemisier n'est plus qu'un minuscule point blanc.

Et je reste tout seul, au milieu des autres.

« Qu'est-ce que t'as ? demande Tommasino. Ils te manquent déjà ? »

Sans répondre, je me tourne de l'autre côté et fais semblant de dormir.

« C'est normal, il continue. On est coupés en deux, maintenant. »

Je n'ai pas le cœur à parler. Tommasino ouvre sa veste et me montre une broderie que sa maman du Nord lui a faite. Il dit que dans la doublure elle lui a cousu les sous pour pouvoir revenir, s'il veut.

« Bonne nuit, Tommasi'.

— Dors bien, Ameri'. »

Je vérifie que le violon est toujours là où Alcide l'a rangé, dans le porte-bagages. Je répète dans ma tête les exercices que M. Serafini m'a appris, comme ça je pourrai les refaire quand je serai rentré à Naples et puis je pourrai demander à Carolina de m'en expliquer d'autres. Peut-être que maman voudra bien m'envoyer au conservatoire quand elle verra comme je suis doué et du coup, quand je reviendrai à Modène, Alcide invitera M. Serafini dans son atelier pour qu'il m'écoute jouer. Mon veau, Amerigo, aura grandi, ce sera devenu un jeune taureau, j'aiderai Rivo à apporter l'eau aux bêtes, Nario aura appris à marcher et à parler et on ira tous ensemble dans notre cabane pour écrire son prénom à côté des nôtres.

Mais quand je touche le revers de ma veste, il n'y a rien, aucune couture secrète. Derna ne m'a pas donné les sous pour revenir. Peut-être que dans quelques semaines le veau ne se souviendra plus de moi. Et eux non plus. Ils parleront d'autre chose, le soir, autour de la table de la cuisine. Des nouveaux enfants qui sont arrivés, de la vache qui est encore pleine, et ils choisiront le nom d'un autre enfant pour le prochain veau.

Tout ce que j'avais, je ne l'ai déjà plus : le gâteau pour mon anniversaire, le dix sur dix en mathématiques de

M. Ferrari, les signaux lumineux à la fenêtre, l'odeur des pianos, le goût du pain qui sort du four, les chemisiers blancs de Derna. J'attrape mon violon, j'ouvre l'étui, je passe mes doigts sur les cordes et je lis mon prénom sur le rectangle de tissu : Amerigo Speranza. Je pense à Carolina et à quand je le lui montrerai et, avec cette pensée, je suis un peu moins triste dans mon ventre. Au fur et à mesure que je m'éloigne de ma vie de maintenant et que je me rapproche de ma vie d'avant, les têtes de Derna, de Rosa et d'Alcide se transforment en celles de ma maman Antonietta, de la Royale et de la Jacasse.

Tommasino a raison. On est coupés en deux, maintenant.

TROISIÈME PARTIE

28

Le train entre en gare, je me précipite à la fenêtre pour essayer de voir ma maman Antonietta, mais elle n'est pas là. L'odeur de la foule pénètre dans mon nez, on dirait l'étable de Rosa sauf qu'il n'y a pas les vaches.

Dès qu'on descend, Tommasino court vers sa famille d'avant. Jusqu'à hier, je l'ai vu collé à son père moustachu et à sa mère du Nord, maintenant il ne me dit même pas au revoir et disparaît parmi les gens, en tenant la main à ses vrais frères et à donna Armida, sa mère du Sud. Alors je me dis que, dès que je reverrai ma maman Antonietta, pour moi aussi tout ce qui s'est passé ces derniers mois disparaîtra d'un coup. Et j'ai envie de remonter dans le train et de repartir.

Puis j'aperçois maman derrière un gros monsieur qui porte deux valises marron. Elle a mis sa jolie robe à fleurs et elle a laissé ses cheveux détachés. Elle ne m'a pas encore remarqué. Elle regarde partout, les yeux pleins de peur, comme quand elle raconte le bombardement qui a tué ma mamie Filomena.

Je cours aussi vite que je peux et la prends dans mes bras par-derrière, en collant mon nez contre son dos. Ma maman Antonietta croit que je suis un chapardeur et me donne un coup de coude sur la tête. En se retournant, elle crie : « Tu veux me faire faire une crise cardiaque ? » Elle se baisse, me touche la tête, les bras, les jambes comme pour vérifier que tout est à sa place. Nos yeux sont au même niveau. Elle approche une main de ma joue, comme pour me caresser, mais à la place elle arrange le col de ma chemise. Elle se redresse, regarde où je lui arrive : « T'as grandi… Ça pousse, la mauvaise herbe. »

Sur le chemin du retour, il n'y a que moi qui parle. Maman marche en silence sans me poser de questions.

« Quand le veau est né, ils l'ont appelé comme moi, je dis pour me vanter.

— Eh, comme si ça ne suffisait pas, un animal qui porte ton nom ! Maintenant y en a deux qui s'appellent pareil ! » et elle me donne une taloche mais toute douce. Je lève la tête. Est-ce qu'elle sourit ? On dirait que oui.

Je continue à lui raconter la maison, la nourriture, l'école. Elle ne m'écoute pas. C'est comme quand on raconte un rêve qu'on a fait mais que tout le monde s'en fiche. Sauf que ce n'était pas un rêve. J'ai la valise pleine de ce qu'ils m'ont offert, j'ai le violon d'Alcide dans son étui, mes habits et mes chaussures neuves. C'est pour de vrai.

On arrive à notre ruelle. Il fait très chaud, toutes les femmes agitent leur éventail pour se faire de l'air. Maman ouvre la porte et pose la valise par terre. Je reste planté là avec mon violon, je ne sais pas où le ranger. Je n'ai pas de chambre à moi, même pas un

lit. Sous le lit de maman, où il y avait les affaires de Forte-Tête, plus rien. Maman dit : « Forte-Tête est parti.

— Les flics sont revenus le chercher ?

— Il est parti avec sa femme et ses enfants, ils ont déménagé à Afragola. Maintenant, il faut qu'on se débrouille seuls, toi et moi. »

Elle pose un verre de lait et du pain d'hier sur la table. « Tu veux manger quelque chose ? Tu dois avoir faim après le voyage. »

C'est ce que je mangeais tous les jours avant de partir, mais maintenant ça m'a l'air d'être un goûter de bric et de broc. Ma vie est redevenue toute petite. J'ouvre la valise et sors les pots de confiture, le fromage mou et le fromage sec, le jambon et la mortadelle, les friands enveloppés dans le torchon à rayures blanches et jaunes qui sent encore l'odeur de la cuisine de Rosa, les pâtes fraîches qu'elle a faites hier matin : je l'ai aidée à casser les œufs et à pétrir, j'avais de la farine jusqu'aux coudes. J'ai l'impression que c'était il y a des siècles.

Je les dispose comme pour une fête, la table est trop petite. Maman touche et renifle tout, elle fait pareil au marché pour vérifier que la nourriture est fraîche. « Voyez-vous ça, maintenant c'est les enfants qui apportent à manger à leurs mères. »

Je trempe le pain dur de maman dans le lait, puis j'y étale un peu de confiture de Rosa : « Goûte, elle a été faite avec les fruits de leur verger. » Elle secoue la tête : « Mange. Je n'ai pas faim », et elle sort de la valise mes habits, mes cahiers, mes livres d'école, ma plume et mon crayon. « Déjà, avant tu étais Nobel.

Maintenant ils ont aussi fait de toi un musicien, là-haut », elle dit en montrant le violon.

Elle ouvre l'étui, l'odeur de bois et de colle de l'atelier d'Alcide s'en échappe. « C'est mon papa du Nord qui l'a fait. Dans l'étui il y a écrit mon nom, regarde.

— Je sais pas lire.

— Tu veux m'écouter en jouer ? »

Maman regarde le plafond. « Écoute-moi bien. Tu n'as qu'un père, et il est parti faire fortune. Quand il reviendra plein d'argent, c'est toi qui feras des cadeaux aux autres et on n'aura plus besoin de demander l'aumône à personne. »

Elle me retire le violon des mains et le regarde comme si c'était un animal dangereux, qui peut se mettre à mordre d'un moment à l'autre. « En attendant, il faut qu'on se débrouille. J'ai reparlé au savetier, il va te prendre dans son atelier. Pour commencer il t'apprendra le métier puis, plus tard, quand tu sauras faire, il te donnera un peu de sous… »

Je me dis que le rêve, c'était pas le Nord mais là, maintenant, et que si j'ouvre les yeux, je vais me réveiller dans mon lit chez Derna, avec le soleil qui dessine des rayures sur mon drap, elle est là-haut la vraie réalité.

« M. Ferrari, mon maître, il dit que je suis doué en maths…

— Et ton maître il dit aussi qu'il va nous envoyer de l'argent pour qu'on puisse manger ? elle crie. Tu lui as dit, à ton maître, que ta mère n'est pas une voleuse, qu'ici il y a des gens honnêtes ? »

Elle fait le tour de la pièce et ramasse tout ce que j'ai apporté. Les habits, les cahiers, la nourriture. Je ne vois pas ce qu'elle en fait.

« Tout ça, ça ne te sert à rien, ici. » Le violon, l'étui et mon nom dedans disparaissent sous le lit. Je ne dis rien, je mets ma main dans ma poche et prends la bille de Luzio entre mes doigts. C'est tout ce qui me reste.

29

« Bien le bonjour, donna Antonietta ! » La porte s'ouvre et la Jacasse entre avec son grand sourire. « Je peux vous emprunter un peu ce petitou ? Je veux vérifier qu'il n'a pas oublié comment on prépare une omelette aux oignons.

— L'omelette aux oignons, je ne sais pas mais là-haut il a oublié sa mère ! Il ne m'a pas souri une fois depuis qu'il a remis les pieds ici. Maintenant, tout ce qui l'intéresse, c'est le violon et les soustractions.

— Qu'est-ce que vous racontez, donna Antonietta ? C'est des caprices de gosse, ça finit toujours par passer. On ne peut pas oublier sa maman ! » Elle me fait un clin d'œil. « Viens chez moi, je vais te rafraîchir la mémoire avec un peu d'eau et d'Idrolitina. »

Dans son *basso*, rien n'a changé. « Ma boîte à trésors est toujours là ? » Je montre du doigt le carreau sous lequel je l'ai cachée.

« Personne n'y a touché », répond la Jacasse en versant la poudre dans l'eau pour la rendre pétillante.

On ne dit rien pendant un moment. C'est bien comme ça.

« Maman ne m'aime plus, je finis par dire. D'abord elle m'envoie là-haut et maintenant elle m'en veut. Je veux repartir là où ils m'aiment et où ils me font des câlins.

— Petit gars, me dit la Jacasse en coupant les oignons, ta maman Antonietta, personne ne lui a jamais fait de câlins, c'est pour ça qu'elle n'en a pas à donner. Pendant des années et des années, elle s'est occupée de toi. Maintenant que tu es grand, c'est toi qui dois t'occuper d'elle. La vie nous a pris plein de choses, à nous autres. Elle, elle lui a pris un fils et moi, elle m'a pris Teresinella. »

J'avais entendu parler de cette histoire dans la ruelle, mais elle ne me l'avait jamais racontée. « Qu'est-ce qu'il s'est passé ? je lui demande.

— Elle avait seize ans, c'était la fille d'une de mes sœurs qui en avait déjà quatre. Alors Teresa est venue habiter chez moi. Je l'ai élevée comme si c'était ma propre fille. Elle était belle, Teresa, et très vive. Après l'armistice elle a rejoint les résistants, elle était tombée amoureuse de l'un d'entre eux. Elle faisait la navette pour transmettre des informations, et pendant une opération elle a pris le pistolet d'un soldat allemand mort. Mort, il avait pas l'air allemand, elle racontait. Il avait juste l'air blond et étonné. Elle n'a dit à personne qu'elle avait ce pistolet, sinon les hommes le lui auraient pris. J'étais la seule à le savoir. Le 27 septembre 1943, il y a eu l'assaut à la Masseria Pagliarone. Teresinella est sortie tôt le matin. Dès que je m'en suis aperçue, je l'ai cherchée dans toute la ville et j'ai fini par apprendre qu'il y avait des barricades sur la colline du Vomero. Quand j'y suis arrivée, ça puait le brûlé, la poudre. Je cherchais Teresinella mais on n'y voyait rien avec toute cette fumée. À un moment, en levant les yeux, je l'ai vue avec son pistolet en train de tirer de derrière un abri avec les hommes. À chaque tir tout son corps tremblait, mais elle continuait. J'ai crié : "Descends ! Descends de là !" Elle m'a regardée, elle a souri, mais elle n'a pas bougé. Elle restait avec les hommes, elle tirait et elle tremblait. Puis le dernier tir est parti, c'était le plus bruyant. Teresinella a arrêté de trembler et de bouger. Deux jours après, les Allemands sont partis, la ville s'était libérée toute seule. Teresa ne l'a jamais su. »

Les oignons sont en tout petits morceaux sur la planche à découper et les yeux de la Jacasse sont pleins de larmes. Elle sort la nappe à petits carreaux verts et les serviettes. On n'entend que le bruit des assiettes et des couverts.

Quand je rentre à la maison, ma maman Antonietta, qui s'était endormie, se réveille d'un coup. « Ah ! C'est toi ! Viens là, viens te coucher à côté de moi... »

Il est trois heures de l'après-midi, maman est en chemise de nuit. Elle a l'air fatiguée mais elle est toujours belle, plus belle qu'avant même. Ses cheveux noirs sont devenus longs et brillants, sa bouche est toujours rose foncé, même si elle ne met pas de rouge à lèvres parce qu'elle n'en a pas. Je pense à Derna et à ses cheveux blonds en coton.

Maman pose sa tête sur l'oreiller. Elle tend une main et la glisse dans mes cheveux. Je me recroqueville à côté d'elle et je sens de nouveau son odeur. Et je me souviens qu'elle m'avait manqué. Je m'endors et rêve de Derna. Notre journée à la mer, le sable collé sur mes jambes, et l'eau qui au début a l'air légère puis qui devient tout d'un coup très lourde et m'entraîne vers le fond. Je regarde vers la plage, ils sont tous partis : Alcide, Rivo, Luzio, Tommasino. Il ne reste que Derna. Je vais couler et elle me fait bonjour de la main. « Au secours, je me noie, viens me chercher ! » Elle me regarde avec ses cheveux blonds ébouriffés. Je ne sais pas si elle sourit ou si elle pleure. Elle se détourne et s'en va elle aussi.

Je me réveille en sueur. Maman dort encore.

30

Ma maman Antonietta et moi on ne marche plus elle devant et moi juste derrière. Je marche tout seul. Ou des fois avec Tommasino.

La vie est redevenue normale, même si plus rien n'est comme avant le train. Il continue de faire très chaud alors que l'été est presque fini. Le matin, je vais dans l'atelier du père savetier de Mariuccia, j'apprends à utiliser la colle et les clous, dont certains tout tout petits qui servent à fixer les semelles et qui m'égratignent les doigts. Les cals du violon, eux, ont disparu. Les frères de Mariuccia me regardent de travers : déjà qu'il n'y a pas beaucoup de boulot, en plus je viens le leur piquer. De temps en temps, Mariuccia envoie une lettre, pleine de mots écrits gros et penchés. Son père le savetier ne sait pas lire, alors les premières lettres, il ne les ouvrait même pas, puis il m'a demandé. Ça me faisait plaisir, parce que je voulais savoir comment Mariuccia allait, et puis ça me rappelait des souvenirs.

La voix de Mariuccia s'éloignait un peu plus à chaque nouvelle lettre. Elle écrivait parce qu'elle devait le faire, mais maintenant elle s'en fichait, de nous, c'était clair. Comme ça me rendait triste dans mon ventre, j'ai fini par arrêter, j'ai dit que lire me faisait mal aux yeux, et c'était peut-être même un peu vrai.

Ma maman Antonietta s'est remise à coudre, elle fait des petits travaux de couture pour les dames de la via Roma et du Rettifilo.

Quand elle a du boulot, je vais chez la Jacasse. Comme il fait trop chaud dans son *basso* aussi, je sors chercher Tommasino, on traîne en ville, on cherche de l'ombre dans les ruelles, on revient à la chapelle du prince di Sangro, on se balade entre les étals du marché, on passe devant le conservatoire.

C'est là que j'ai rencontré Carolina, une fois où je m'étais assis sur les marches pour écouter la musique. Un gardien m'avait chassé, il croyait que je voulais faucher des instruments pour les revendre aux Américains. Il disait qu'une flûte et une clarinette avaient déjà disparu. J'étais au bord des larmes tellement j'avais honte. « Je suis pas un chapardeur ! » j'ai crié.

Juste là, elle est sortie et, alors qu'elle ne me connaissait pas, elle a dit au gardien que j'étais son cousin et que je l'attendais. Il est parti en me jetant un regard noir et en disant que je ne pouvais pas rester là.

Carolina m'a souri : « Qu'est-ce que tu fais là ? C'est vrai que tu piques des instruments ?

— Jamais de la vie ! J'écoute les morceaux de musique et je les refais dans ma tête. »

C'est à partir de ce moment qu'elle m'a emmené au théâtre, où elle connaissait un portier, c'était quelqu'un de sa famille, il la laissait entrer pendant les répétitions, parfois même pendant les représentations. On se cachait dans la première loge, je respirais son odeur de violette pendant que les musiciens accordaient leurs instruments. Puis, dans le noir et le silence, le chef d'orchestre faisait deux ronds avec ses bras, comme pour caresser l'orchestre. Et même si chacun se mettait à jouer dans son coin, la musique naissait tout à la fois.

Depuis que je suis rentré, j'y retourne de temps en temps à l'heure habituelle, mais je ne la vois jamais.

Un jour, j'ai demandé à une de ses amies que j'avais déjà croisée, elle m'a dit que Carolina ne va plus au conservatoire parce que son père a perdu son travail et que ses frères et elle doivent travailler après l'école. Je lui ai demandé si elle savait où elle habitait. À Foria, il lui semblait, mais elle n'en était pas sûre. Alors un après-midi, avec Tommasino, on s'est fait toute la via Foria dans les deux sens, sous un soleil qui nous cassait la tête. Pour rien, parce qu'on ne l'a pas vue. On a repris le chemin de la maison. On est passés par le *basso* de la Royale, il n'y avait plus le portrait du roi moustachu, mais pas non plus celui du camarade Lénine, et on a reparlé du jour où elle est apparue sur l'estrade en bois, avec son écharpe tricolore. Après, sans se concerter, on a pris le Rettifilo pour aller vers la gare. On ne se disait pas grand-chose, mais quand on se parlait c'était pour se raconter des souvenirs de là-haut.

On était devenus comme Trombetta, celui qui est rentré fou de la guerre et qui traîne sur la piazza

Carità. Il a été blessé à la tête par un éclat de grenade, et depuis qu'il est revenu, il raconte les mêmes histoires toute la sainte journée, mais personne ne veut plus l'écouter. Les gens lui disent : « Arrête, déjà qu'on a perdu la guerre, tu vas pas nous faire perdre la paix maintenant ! » Pour Tommasino et moi c'était pareil, sauf que le plus difficile pour nous, c'était maintenant. À notre retour, on nous posait des questions : « Vous étiez où, quelle langue ils parlent là-haut, qu'est-ce qu'ils mangent, est-ce qu'il fait froid ? » Puis, avec le temps, quand on nous voyait arriver, on se fichait de nous : « Tiens, voilà les deux Nordiques ! » Alors, les souvenirs, on ne se les racontait plus qu'entre nous, en allant à la gare.

On a appris tous les horaires et toutes les voies par cœur. Chaque fois que le train pour Bologne s'en va, je regarde les gens qui le prennent, avec leurs valises pleines et leurs visages un peu fatigués, et je repense à nos manteaux jetés par la fenêtre, à la pomme dans ma poche et à ma maman Antonietta qui rapetisse sur le quai. Je repense à quand c'était nous dans les compartiments : Tommasino, Mariuccia, moi, le blond sans dents, le minus tout brun, ceux qui avaient la trouille d'aller en Russie, ceux qui ne comprenaient pas ce qu'ils fichaient là, dans ce train.

« Ton père moustachu t'écrit toujours ? » je demande à Tommasino en espérant qu'il me répondra non. Moi, je n'ai rien reçu. Derna m'avait dit qu'elle m'écrirait une fois par semaine. Ça fait plus de trois mois que je suis rentré et je n'ai pas vu la moindre lettre arriver.

« Oui ! s'exclame Tommasino, tout content. Il nous envoie aussi des colis avec de l'huile, du vin, du saucisson. Les produits qu'ils font. Et des photographies de tout le monde. Toi, tu as toujours rien reçu ? »

Je hausse les épaules.

« Toutes les deux semaines, maman va chercher les lettres et les colis chez Maddalena, il y a toujours quelque chose qui nous attend...

— Tommasi', viens, on monte dans le train, là maintenant. On arrive à Bologne, on prend l'autocar pour Modène et tout redevient comme c'était ! »

Tommasino se demande si je suis sérieux ou si je plaisante.

« Allez, on rentre, va, il dit. On demandera deux lires à la Royale en passant pour s'acheter une *sfogliatella.* » Il tourne le dos et va vers la sortie de la gare. Moi, je reste encore un peu à regarder le train, jusqu'à ce qu'il se mette à siffler.

31

Je marche sur le Rettifilo en regardant les chaussures. Elles sont toutes vieilles, cassées, trouées, ou ressemelées. Depuis que je suis en apprentissage chez le savetier, je ne vois que ça toute la journée, les chaussures des gens. Celles qui sont usées au bout, celles au talon tordu, celles aux lacets cassés, celles qui ont changé de forme au contact des pieds qui les portaient. À chaque paire de chaussures un pauvre malheureux, à chaque trou un faux pas, à chaque déchirure une chute. Ce n'est plus un jeu.

Les miennes me font mal. C'est Alcide qui me les avait achetées, toutes neuves, et maintenant elles me serrent au talon. Elles sont encore en bon état, c'est mes pieds qui ont grandi et qui ne vont plus. Dans la rue, ils ont installé les illuminations pour la fête de Piedigrotta. Un groupe de jeunes gens avec des tambourins et des *putipù* marche derrière moi, ils chantent les chansons du concours de cette année. Sur le trottoir d'en face, cinq ou six filles habillées en paysannes se mettent à chanter elles aussi. Les garçons leur envoient des baisers, les filles rient et se tournent de l'autre côté pour faire l'air de rien. La rue est bordée par des étals de *taralli* et de lupin. Les gosses marchent entre leurs parents avec leurs habits du dimanche, et plus j'avance sur le Rettifilo, plus les gens sont nombreux, comme le matin où ma maman Antonietta m'a emmené à la gare. La foule me pousse dans tous les sens, comme un cheval emballé.

Là-haut, chez Derna et Rosa, il n'y avait jamais autant de monde dans les rues. Je n'y suis plus habitué, la foule m'impressionne. Beaucoup de gens sont maquillés ou masqués. Je cours jusqu'au coin de la via Mezzocannone et je monte vers la piazza San Domenico Maggiore, loin de l'agitation.

À force de marcher, je me retrouve devant le conservatoire sans trop savoir comment. Mon violon est toujours sous le lit, je n'y ai jamais retouché parce que mes exercices donnent le mal de tête à maman.

La musique sort par les fenêtres ouvertes. Il fait très chaud, l'air est immobile, on a du mal à respirer. Je m'assois sur les marches et ferme les yeux. On m'appelle : « Amerigo ! Amerigo ! C'est toi ? »

Carolina traverse la rue en courant, je sens son parfum de violette. Elle n'a pas l'étui de son violon avec elle. « Pourquoi tu as arrêté de venir m'attendre après les cours ? J'étais inquiète… »

Elle me regarde comme si j'étais un fantôme revenu de l'au-delà, et elle a peut-être raison.

« J'ai été dans un endroit très loin d'ici. »

Elle aussi a grandi, on dirait presque une jeune fille, maintenant.

« C'était bien ?

— Oh oui, on m'a même appris à jouer du violon. Je pouvais choisir l'instrument que je voulais et… j'ai pensé à toi. »

Elle tourne la tête de l'autre côté. Peut-être qu'elle ne veut plus être mon amie. Non, c'est parce qu'elle est triste. « Mon violon, maintenant, il est au mont-de-piété. Mon père a perdu son travail et on est quatre enfants. On doit tous travailler. À ta place, je serais restée là où c'était bien.

— Je peux te prêter le mien, en échange tu me donneras des leçons. Qu'est-ce que t'en dis ? »

Je sens son parfum encore plus fort puis un bisou sur ma joue.

Nous allons vers chez moi. De temps en temps, il y a un souffle d'air, je sens l'odeur des violettes et quelque chose qui me picote dans le ventre. « Tu es retournée au théâtre ? je lui demande.

— Quelques fois, mais c'était moins bien. Je croyais que tu reviendrais jamais. »

Via Toledo, il y a encore plus de monde que tout à l'heure. Les gens se dirigent vers la piazza del Plebiscito pour voir l'église couverte d'illuminations et les chars prêts pour le défilé. La Royale m'a raconté que beaucoup d'entre eux ont été détruits par la pluie, il n'en reste que quatre, et parmi eux il y en a un qui s'appelle Nord-Sud, c'est le Comité pour le salut des enfants des ouvriers d'Ilva, l'usine de sidérurgie, qui l'a fait construire en l'honneur de notre voyage dans les trains.

Il y a tellement de monde dans la via Roma qu'elle a l'air plus étroite qu'une ruelle. Je prends Carolina par la main et je monte dans les rues des Quartiers espagnols avec la peur de la perdre, mais quand on arrive devant mon *basso*, j'ai un peu honte de la faire entrer. J'ouvre la porte, maman n'est pas là. Carolina me suit à l'intérieur, elle regarde autour d'elle sans rien dire. Je ne sais pas comment c'est, chez elle. Je voudrais lui dire que chez Derna j'avais une chambre rien qu'à moi et que, par la fenêtre, on voyait la campagne, mais je ne dis rien et je m'accroupis à côté du lit. Je me couche par terre et, après toute cette chaleur, je sens enfin de la fraîcheur sur tout mon corps. Je tends les deux bras. Rien. Je sors de sous le lit, j'allume la lumière et je reregarde. Mon violon n'est pas là, il n'y a plus rien.

« Peut-être que ma maman l'a rangé ailleurs, je dis, gêné. Pour pas qu'il s'abîme. » Je fais semblant de chercher dans la pièce. Puis je m'accroupis de nouveau à côté du lit. « Il est tard, dit Carolina. Je dois rentrer. Tu me le montreras une autre fois. »

Je repense au moment où j'ai eu le paquet emballé dans du papier coloré entre les mains, où j'ai ouvert l'étui et senti l'odeur du bois et de la colle. C'était pas la même odeur que chez le savetier de Pizzofalcone. L'atelier des pianos et celui des chaussures, c'est pas la même chose. Et puis je repense à la fois où Derna a sorti la lettre de ma maman Antonietta que j'avais tant attendue et qu'elle avait fait écrire à Maddalena, à Tommasino qui reçoit des lettres et des colis deux fois par mois. J'essuie mes larmes et pars en courant dans la ruelle.

32

Maddalena habite du côté du Pallonetto, à Santa Lucia. Dans la rue, cinq ou six gosses sont en train de se courser. J'étais comme eux, avant le train. « Vous savez où habite une certaine Maddalena ? je demande au plus gros.

— La communiste ? »

Il s'approche en me toisant d'un air méchant. Je ne bouge pas et il me barre le passage. Un autre, petit avec une tache rouge sur le visage, se met derrière moi. Le gros me prend par la chemise et me pousse si fort que je tombe. J'essaie de me relever, mais ils sont cinq et m'en empêchent. « T'es un de ceux du train ? » demande le gros. Je ne réponds pas. « Tous les jours y en a qui viennent. Ils viennent chercher les lettres et ils rentrent chez eux avec des colis de nourriture. Ils ont trouvé la combine !

— Et nous on est là exprès ! » fait le petit avec la tache sur le visage.

Le gros le regarde et il se tait. « Cette rue est à nous. Ceux qui passent par ici doivent nous donner leurs colis. Toi, pareil, dit le gros, et il me fait retomber d'un coup de pied juste au moment où je me relevais. T'as compris ?

— Moi, ils m'ont rien envoyé du tout, je réponds, et c'est vrai.

— Ben on verra bien quand tu sortiras ! me menace le gros, et il me fait signe de me relever. Va chez la communiste, on t'attend. »

Je monte l'escalier quatre à quatre et je frappe là où il y a écrit Criscuolo. J'entends quelqu'un approcher et le visage de Maddalena apparaît. Je me faufile aussitôt à l'intérieur, j'ai la trouille que les autres m'aient suivi. Elle me regarde en souriant sans rien dire. « Je suis Amerigo. Celui qui était resté en dernier.

— Assieds-toi. »

Je m'installe dans un fauteuil aux accoudoirs usés. Pourquoi je suis venu ? Elle ne se souvient même pas de moi, et quand je vais redescendre je vais me faire tabasser par les gosses de la ruelle. Maddalena disparaît dans l'autre pièce et revient avec un paquet de lettres. Elles sont encore dans leurs enveloppes, avec le timbre dessus. « Voilà, elles sont toutes là. »

Je la regarde bouche bée. Elle continue : « Ça fait trois mois que je t'attends, tu étais occupé ?

— Vous m'avez attendu ? Moi ? Pourquoi ? »

Je ne comprends plus rien.

« Tu aurais pu répondre au moins une fois, par politesse. Ces gens se sont occupés de toi, ils t'ont traité comme leur propre fils et ils continuent à t'écrire. Ta maman m'avait dit que tu viendrais les chercher, le temps a passé et je n'ai pas vu le bout de ton nez. »

Elle me donne le paquet de lettres. Dedans, il y a tous les mots de Derna, de Rosa, de mes frères de là-haut, d'Alcide. Leurs voix, leurs visages, les odeurs explosent dans ma tête. Je me lève d'un bond, les lettres tombent par terre.

« Ils t'avaient aussi envoyé des colis de nourriture. Comme personne ne venait les chercher, je les ai distribués à des gens qui en avaient besoin. Ç'aurait été dommage de gaspiller ! »

Incapable d'articuler un mot, je m'assois par terre, prends une des enveloppes avec le nom de Derna dessus, écrit de sa petite écriture tout en hauteur, et je la serre tellement qu'elle se déchire d'un côté. Puis je me lève et la fourre dans ma poche. Maddalena s'approche pour me caresser la joue mais je tourne la tête, je ne suis plus le gosse qui était dans le train ce matin-là de novembre.

« Elle ne te l'a pas dit », finit par comprendre Maddalena. Si je reste encore, je vais me mettre à pleurer et je n'ai pas le cœur à pleurer. « Allons bon, ce n'est rien, elle dit. Tout va s'arranger. On va prendre une feuille et un stylo et on va répondre, d'accord ?

— Ma maman est méchante. »

Je pars en courant en laissant les lettres chez Maddalena. Je ne veux plus les lire. Il n'y a rien à répondre. C'est peut-être mieux comme ça, mieux qu'ils m'oublient pour de bon, et moi aussi, et qu'ils donnent un autre nom au petit veau Amerigo. Maman a bien fait. Qu'est-ce que j'ai à voir avec eux ? Les pianos, le violon, l'étable, la *befana* résistante, les pâtes fraîches avec la farine et les œufs, Lénine le directeur, les signaux par la fenêtre, M. Ferrari, l'encre rouge et l'encre bleue, le manteau, la broche rouge sur le manteau, les lettres dans les interlignes du cahier. Tout ça, ça ne rentre pas sur des feuilles de papier avec un timbre dessus.

Quand je ressors, je montre mes mains aux autres. « Vous avez vu, elles sont vides. Je repars comme je suis venu. J'ai rien. Je suis comme vous et plus dans la panade que vous, même. »

33

À la maison, maman m'a préparé des pâtes aux olives noires et aux câpres que j'adorais, avant de partir. Je me jette sur le lit. « Qu'est-ce que t'as ? T'as pas faim ? »

Je ne lui parle pas des lettres. Je ne suis pas en colère contre elle, c'est juste que je n'ai pas d'appétit, même si je n'ai rien mangé depuis ce matin. Elle s'assoit sur le lit à côté de moi, comme Derna faisait tous les soirs. « Ça va ? » Elle pose une main sur mon front. « T'as pas de fièvre mais tu es bien pâlichon. » Elle regarde la photo de mon grand frère Luigi sur la table de chevet. « Tu maigris trop. » Elle va se mettre à table. « Je t'ai servi, viens.

— Où est mon violon ? » je demande sans bouger du lit.

Elle ne répond pas. Puis, au bout d'un moment, elle répète : « Viens, ça va refroidir. »

Je ne bouge pas. « Je veux savoir où est mon violon. » J'ai la voix qui tremble.

« Un violon, ça donne pas à manger. Un violon, c'est pour les gens qui ont déjà tout ce qu'il leur faut.

— Il était à moi ! Il est où ? » Cette fois, je crie.

« Il est là où il doit être », elle répond calmement. Puis elle se lève de table et vient se rasseoir à côté de moi. « Avec l'argent du violon, j'ai acheté à manger et tes nouvelles chaussures, que tes pieds poussent comme de la mauvaise herbe, et j'en ai mis un peu de côté au cas où. On ne sait jamais. »

Elle regarde de nouveau sur la table de chevet l'image de cet enfant aux cheveux tout tout noirs comme les siens. Puis elle fait quelque chose qu'elle n'avait jamais fait : elle s'approche plus près et me serre dans ses bras. Je sens son odeur sur mon visage, dans mon nez, dans mes yeux. C'est chaud, trop chaud, trop doux. Je ferme les yeux et retiens ma respiration.

« Tu dois te réveiller de ce rêve, Ameri', ta vie est ici. Tu traînasses toute la journée comme une âme en peine, t'as toujours la tête ailleurs, t'as l'air dans la lune. Ça suffit, maintenant. Tu veux tomber malade toi aussi ? » Elle me regarde droit dans les yeux. « J'ai fait ça pour ton bien. »

Je me dégage de ses bras, je me lève. Qu'est-ce qu'elle en sait, de mon bien ? Personne n'en sait rien. Et si mon bien c'était de rester là-haut, comme Mariuccia, et de ne pas revenir ? Et si c'était de ne pas partir du tout et de rester ici, chez moi ? Et si c'était d'apprendre la musique et de jouer dans un théâtre ? Voilà ce que je voudrais lui dire, mais tout ce qui me vient à l'esprit, c'est que je n'aurai plus jamais mon violon, avec mon nom dans l'étui. « T'es qu'une menteuse… »

Je n'ai pas le temps de finir ma phrase, la gifle est si forte que je me mords la langue. La douleur m'empêche de parler.

34

Je sors de chez moi en courant et passe par les ruelles pour ne pas être emporté par la foule. Je porte les vieilles chaussures qu'Alcide m'a achetées, celles qui me serrent au talon. Je file tout droit sans me retourner une seule fois. Les musiques de la fête montent de la piazza del Plebiscito. La nuit est tombée et les illuminations sont allumées, mille ampoules colorées dessinent le contour des murs et des fenêtres. On dirait une ville en étoiles dans un ciel tout noir. Je voudrais me perdre dans les ruelles, mais je les connais par cœur, *basso* par *basso*, porte par porte. Je suis les lumières. Je prends le vico Figurella a Montecalvario, je tourne dans la via Speranzella et je me retrouve dans le vico Tre Re a Toledo, devant l'église Santa Maria Francesca, où il y a la chaise miraculeuse de la Sainte. Tommasino et moi, on est souvent venus là écouter les histoires, mais je n'y suis jamais entré.

En fait, c'était toujours la même histoire. Les femmes venaient de toute la ville et des alentours pour demander qu'un enfant leur arrive, elles étaient accompagnées par leur mère ou par une autre femme de leur famille, une sœur, une belle-sœur, leur belle-mère. Des femmes pauvres et des femmes riches, sans distinction. C'est la loterie, je me disais. Ma maman Antonietta qui meurt de faim, elle a eu mon frère Luigi et puis moi, mais sans père. Ces dames qui portent des robes colorées et des chaussures cirées, qui ont un mari et tout ce qu'il faut, elles n'ont même pas un seul enfant. S'il y avait une justice, comme dit toujours la Jacasse, les enfants viendraient à ceux qui peuvent se le permettre.

Devant l'église Santa Maria Francesca, il y a une file de femmes, même à cette heure. Une vieille religieuse au visage blanc et maigre s'approche. Je crois c'est pour me chasser, mais elle me prend par la main et m'emmène dans une petite pièce qui sent le bouillon réchauffé. Elle me fait asseoir à table avec d'autres enfants. « Mange », elle dit. Elle m'a pris pour un des gosses du réfectoire des orphelins. Ce soir, je me sens comme eux, sans père ni mère, alors je mange la soupe, le pain, les tomates et la pomme. Quand on a fini, la vieille religieuse passe dans l'autre pièce et s'installe sur un tabouret en face de la chaise où s'assoient les femmes pour recevoir la grâce d'avoir un gosse. Elle prend chacune par la main et, de l'autre main, elle fait un signe de croix sur leur ventre, là où l'enfant doit pousser. Les femmes font une prière, remercient la religieuse et s'en vont.

Quand je ressors, il fait encore plus sombre et il n'y a plus personne dans la rue. Les derniers retardataires se mettent en route pour Mergellina, pour regarder le feu d'artifice et écouter les chansons.

Je me demande ce que fait Derna à cette heure. Elle marche sur la route silencieuse où on n'entend que les cigales. Elle met la table avec un seul couvert. Ou alors, elle vient de rentrer d'une réunion avec les ouvrières de l'usine et elle s'est arrêtée pour manger chez Rosa, les assiettes sont pleines et toutes les lumières allumées. Je glisse une main dans ma poche pour toucher sa lettre. Je me sens affreusement triste dans mon ventre. Alors, je descends jusqu'à la via Roma maintenant déserte. Les sons arrivent de loin, étouffés, des cris, des chants, de la musique, ils sonnent faux comme un instrument désaccordé. Il faudrait qu'Alcide soit là pour les accorder. Puis j'entends une explosion derrière moi. Mes jambes deviennent toutes molles parce que ce bruit me rappelle les bombes qui tombaient du ciel, quand le ciel ne brillait pas à cause des illuminations mais de la guerre, et que les explosions n'étaient pas des pétards mais des grenades larguées par les avions. Je reprends ma course, mais mes chaussures me font trop mal. Je m'arrête, je me tourne et les vois arriver.

Les chars commencent leur défilé dans la ville, avec toute la foule derrière eux. Ils sont énormes, ils luisent dans la nuit. Émerveillé, je les regarde approcher et devenir de plus en plus grands, comme les trains qui entrent en gare. Et le premier char est vraiment un train, avec sa locomotive et ses wagons remplis de gosses qui crient et agitent les bras et les mains. C'est celui que le Comité a fabriqué, les enfants on dirait nous mais c'est pas nous, le train a l'air vrai mais ce n'est pas le vrai train. Tout est faux et je ne crois plus aux mensonges. Alors je lui tourne le dos, j'enlève mes chaussures et je repars en courant vers le Rettifilo.

35

Dans la gare, il y a le vrai train, celui que j'ai pris la première fois, mais sans gosses dedans. Tout est calme, personne ne court sur le quai. Beaucoup d'hommes avec une valise, quelques familles. Et moi. On n'entend plus la musique des chars ni les détonations de la fête. Les gens qui partent à cette heure n'ont pas le cœur à s'amuser.

Un vendeur de billets passe sur le quai, je lui demande si le train va partir. « Évidemment qu'il va partir, tu crois que les trains sont là pour faire joli ? » Puis il me demande ce que je fais là, je lui réponds que je vais à Bologne avec ma maman, mon père et mon grand frère Luigi pour rendre visite à une de mes tantes, et qu'ils m'ont envoyé demander si c'était le bon train. Il enlève son chapeau et s'éponge le front avec la manche de son uniforme. « Sois prudent, il me dit. Le soir, la gare est mal fréquentée, je t'accompagne rejoindre ta mère. »

Jc rcpèrc unc damc au fond du quai : « Ellc cst là ! » Je fais semblant de courir vers elle. Quand je m'arrête, le vendeur est reparti dans l'autre sens.

Je remets mes chaussures, même si elles me font mal. Je m'approche de la dame qui n'est pas ma mère et j'attends que les portes s'ouvrent. On monte ensemble, elle cherche sa place et moi je ne sais pas où m'asseoir, j'ai peur que le vendeur d'avant ou quelqu'un d'autre me découvre et me fasse descendre. La dame a deux enfants, un petit garçon et un bébé fille dans une poussette. Le garçon ne tient plus debout, il s'endort la tête sur les jambes de sa mère. Je m'assois en face d'eux et colle mon visage contre la fenêtre. La vitre est lisse et fraîche, ça me fait du bien. Demain, quand je serai arrivé, je m'endormirai à côté de Derna, elle me racontera une histoire et m'expliquera des trucs sur les ouvrières, et puis on chantera ensemble et elle m'emmènera à la mer, mais je ne m'éloignerai pas. Je ne me perdrai pas dans les vagues. Pas cette fois.

La maman en face de moi a sorti son tricot de son sac et, maille après maille, elle tricote une couverture rose qui se dépose sur les épaules de son fils endormi. Je repense à quand ma maman Antonietta m'a offert sa vieille boîte à couture, que j'ai cachée chez la Jacasse. Elles vont remuer ciel et terre pour me retrouver, sans succès. Le chef de gare siffle, je bondis sur mes pieds et regarde par la fenêtre.

« Tu vas où comme ça, tout seul ? dit la dame. Tu t'es enfui de chez toi ? »

Je voudrais lui avouer la vérité, descendre du train et rentrer chez moi. Mais c'est où, chez moi ?

Le train se met en mouvement, tout doucement. Je ne récupérerai jamais les lettres de Derna ni l'étui de mon violon avec mon nom dedans, ni mon violon.

Mais si j'arrive au bout des rails, je pourrai peut-être en avoir un autre.

Alors je me rassois et je réfléchis à un mensonge. Je repense au réfectoire des orphelins dans l'église de la Sainte et je dis : « Ma maman est morte. »

La honte me brûle la langue, mais je continue. Je raconte à la dame que je dois retrouver une de mes tantes qui habite à Modène. Je sors la lettre de Derna de ma poche. « Pauvre gosse, pauvre enfant de Dieu », elle murmure, les larmes aux yeux.

Elle y a cru. C'est pas la première fois que je raconte un mensonge, mais là c'est différent, je l'ai si bien raconté que je finis presque par y croire. Et j'ai peur qu'il devienne vrai. La dame continue de me consoler : « Tout va s'arranger, mon pauvre petit. Tout va s'arranger. » Elle prend ma figure entre ses mains. Je m'écarte parce que j'ai les joues en feu à cause de la honte.

Au bout d'un moment, la fatigue prend le dessus sur la tristesse, j'étends les jambes sur la place restée libre à côté d'elle, mes yeux piquent puis se ferment.

Je rêve que Tommasino et moi jouons à cache-cache dans la chapelle du prince di Sangro et que je me mets à la place d'un des deux squelettes avec les os et les veines qui se voient pour ne pas qu'il me trouve. Je ris dans ma barbe en pensant que Tommasino va avoir une sacrée trouille en me voyant là entre ces momies. Tommasino entre dans la chapelle mais je me suis si bien caché qu'il ne me trouve pas et je reste là, au milieu des squelettes et des statues qui ont l'air vivantes. Je crie : « Je suis là, je suis là. » Ça ne marche pas.

Mes cris me réveillent. Je regarde par la fenêtre, il n'y a pas de lune, pas d'étoiles, rien que la nuit. La mère assise en face de moi me demande : « Qu'est-ce que tu as ? Tout va bien, tu as fait un cauchemar. Viens là. »

Je m'approche, elle sort une main de sous la tête de son fils, essuie ma sueur et me caresse les cheveux.

« Dors. Oublie, ce n'est rien. Je suis là. »

Elle me fait de la place à côté d'elle. Elle reprend son tricot et, maille après maille, la couverture rose couvre aussi mes épaules. J'espère que le sommeil, qui vient d'elle et fait dormir son fils tout du long, va venir me voir aussi, rendre mes paupières lourdes et soulager ma tête de toutes ses pensées. Il ne vient pas.

QUATRIÈME PARTIE
1994

36

C'est arrivé hier soir. Tu avais préparé de la sauce *genovese* pour aujourd'hui. Tu as lavé la planche à découper, la cuillère en bois et la poêle, puis tu les as mises à sécher sur l'égouttoir. Tu as retiré ton tablier et tu l'as posé, parfaitement plié, sur la chaise de la cuisine. Tu as enfilé ta chemise de nuit, tu as détaché tes cheveux, tu n'aimais pas dormir les cheveux attachés. Tes cheveux sont presque tous restés noirs. Tu t'es couchée et tu as éteint la lumière. La sauce est restée à « reposer » pour aujourd'hui. « La sauce *genovese* doit reposer », disais-tu toujours. Puis tu t'es endormie et tu reposes, toi aussi.

On m'a appelé ce matin à l'aube. Quand j'ai répondu, à la troisième sonnerie, et que j'ai appris la nouvelle, je me suis aperçu que je vivais depuis des années avec cette menace dans le cœur, comme une sorte de maléfice. Je n'ai même pas réussi à pleurer. J'ai juste pensé ah, ça y est, le maléfice a eu lieu. J'ai dit : « Oui oui, je comprends, d'accord, je prends le premier avion », et je suis parti. Maintenant que tu t'en es allée, seule dans la nuit, plus aucun appel ne peut me faire peur.

En descendant de l'avion, je pénètre dans un bloc de chaleur, ma valise dans une main, l'étui de mon violon dans l'autre. Un autobus extrêmement lent me dépose devant le terminal, je parcours le couloir jusqu'à la porte automatique. Elle s'ouvre, personne n'est là pour m'attendre. Pendant que je gagne la sortie, une voix dans les haut-parleurs annonce l'ouverture de l'embarquement pour Munich. Devant l'aéroport, un groupe de touristes espagnols vient me demander des informations. Je fais mine de ne pas comprendre pour ne pas devoir avouer que je suis moi aussi étranger à cette ville. J'ai chaud, et j'ai mal aux pieds. Les chaussures neuves me font toujours des ampoules aux talons. Dès que j'ai quitté la fraîcheur artificielle du hall, ma veste de lin clair s'est collée à mon dos.

Je cherche un taxi et lui demande de me déposer piazza del Plebiscito. Le chauffeur veut prendre ma valise et mon étui pour les mettre dans le coffre. « Pas le violon, dis-je. Je le garde avec moi. »

Sur le trajet, je regarde par la vitre : les immeubles, les magasins, les routes ne m'évoquent rien. Les fois où je suis revenu ces dernières décennies, je me suis contenté de faire ce pour quoi j'étais venu et de passer te saluer en coup de vent. Je n'ai jamais remis les pieds chez toi. Tu avais honte que je puisse en avoir honte. Nous nous retrouvions via Toledo, celle qui autrefois s'appelait via Roma, et je t'emmenais au restaurant. Je réservais une table en bord de mer. Ça te plaisait, même si tu avais peur de la mer, que tu associais à la saleté, à l'humidité et aux mauvaises odeurs. « La mer ne sert à rien », disais-tu. Au début, quand il était petit et qu'il t'écoutait encore, Agostino venait avec nous. Puis, en grandissant, il s'est mis à s'inventer des excuses. Il disait : « Je suis occupé. » « Tant mieux », pensais-je. Toi, tu aurais aimé que nous soyons soudés, mon frère et moi. Mais soudés par quoi ?

Je laisse aller ma tête contre le siège et ferme les yeux. Je ruisselle de sueur et mes ampoules aux talons m'élancent.

Le chauffeur me scrute dans le rétroviseur. « Vous êtes professeur de musique ? demande-t-il en s'engageant dans une rue longue et étroite.

— Non, acteur », mens-je.

Puis je me souviens de mon violon et j'ajoute : « J'ai un rôle de violoniste. Je garde l'instrument avec moi pour entrer dans le personnage. »

Quand il me dépose sur la place, j'emprunte la rue baignée de soleil. Au croisement avec la montée obscure qui conduit à ta ruelle, je m'arrête. Je ne suis pas prêt, peut-être ne le serai-je jamais. Je sors mon mouchoir de ma poche, non pour éponger mes yeux, restés secs, mais la sueur qui goutte de mon visage, et me remets en marche.

37

À mesure que je progresse, la chaleur diminue grâce à la fraîcheur qui monte des *bassi* ouverts sur la rue. Les maisons qui se font face, symétriques, de part et d'autre de la venelle, reliées par des cordes lourdes de linge étendu, projettent des langues sombres sur la rue, couverture d'ombre bienvenue. Les gens me regardent comme on regarde un étranger, d'un air méfiant. J'accélère le pas, malgré la côte et mes pieds douloureux. J'évite les regards des personnes que tu croisais tous les jours, que tu saluais et qui te répondaient. Je ne veux pas les entendre. Ces sons, ces bruits, ces voix restent coincés dans mes oreilles, refusent d'en sortir, c'est ainsi depuis mon enfance. Les gens de la ruelle chantaient toujours, même quand ils parlaient. Cette musique n'a pas changé. Je glisse les mains dans mes poches pour éviter le contact avec leurs corps, je vérifie que mon portefeuille et mes papiers sont toujours là. On m'a parlé de touristes malmenés et rackettés par des bandes de gamins. Et, chaque fois, je me suis dit que j'aurais pu être un de ces enfants grandis trop vite dans cette ville qui ne devient jamais adulte.

Lorsque j'arrive devant chez toi, mon cœur bat la chamade et mes mains sont glacées. Ce n'est pas seulement l'émotion de me retrouver là après toutes ces années, ou le chagrin de t'imaginer dans cette pièce, étendue sur le lit qui fut le nôtre, avec tes cheveux détachés encore presque tous noirs. C'est aussi de la peur. Peur de la saleté, de la pauvreté, du besoin ; peur d'être un imposteur, quelqu'un qui a vécu une vie qui n'était pas la sienne, qui a pris un nom de famille qui ne lui appartenait pas. Au fil des ans, ma peur a appris à se recroqueviller dans un coin, mais elle n'a pas disparu, elle est restée en embuscade. Devant cette porte fermée, elle réapparaît. Toi, tu n'avais peur de rien. Tu marchais toujours la tête haute. « La peur n'existe pas, me disais-tu, c'est tout dans la cervelle. » Je me le suis répété, mais n'ai jamais réussi à m'en convaincre.

Un gros chat gris débouche d'une porte, s'approche, renifle mes chaussures. « C'est O'Sole-Mio », me dis-je, le chat de la ruelle, je lui donnais du pain sec et un peu de lait, toi tu le chassais sans ménagement. Mais la mémoire est trompeuse, ce chat inconnu se hérisse, feule et s'en va. Je pose la main sur la poignée sans savoir exactement ce que je suis venu faire là. Peut-être est-il préférable de repartir.

Un ballon orange dégringole la ruelle en rebondissant sur les pavés disjoints, cogne sur un de mes genoux puis va se loger entre les roues d'un scooter garé devant la porte du *basso* en face du tien. Un enfant court derrière pour l'arrêter, je lui montre où le ballon s'est caché. Il s'accroupit pour le récupérer. Il porte un jean déchiré aux genoux et un t-shirt délavé, ses lacets sont défaits. Le ballon sous le bras, il me sourit et reprend sa course. Il a l'air heureux. Peut-être que je l'ai été moi aussi, il y a bien longtemps. Tandis que l'enfant disparaît au bout de la rue, l'étoffe ancienne et élimée des souvenirs, que j'avais jusque-là dû tendre pour essayer de la faire correspondre au présent, devient soudain parfaitement adaptée, elle épouse exactement mon champ de vision.

Je me revois sortir de la ruelle avec mes cheveux roux, un trou à la place d'une dent de lait tombée, emportée par la petite souris en échange d'une croûte de fromage, mes genoux émaillés de bleus et d'écorchures. Nous marchions ensemble, c'était un matin de novembre, le premier froid était là. Toi devant et moi juste derrière.

38

Je frappe doucement, mais personne ne vient. Je pousse, la porte s'ouvre. Les volets tirés laissent passer un rai de lumière. La table et les chaises, le coin cuisine, la salle d'eau sur la gauche et le lit au fond. Une seconde suffit à embrasser ton appartement du regard. Presque rien n'a changé. Les chaises en paille, les carreaux hexagonaux au sol, la vieille table marron. Le téléviseur avec son napperon que tu avais confectionné toi-même, la radio que je t'ai offerte pour un de tes anniversaires. La blouse à fleurs suspendue à la patère, le couvre-lit blanc fait au crochet par mamie Filomena. Il ne manque que toi.

Sur le gaz, une poêle avec la sauce *genovese*. L'odeur d'oignons frits qui a imprégné tout ce lieu minuscule prouve que tu avais prévu d'être encore vivante aujourd'hui, que tu aurais dû être là, à ta place, pour la manger.

Il me suffit de quelques pas pour inspecter tout ton appartement, ton existence se résume à bien peu de chose. Peut-être est-ce le cas de toutes les existences. Je n'arrive pas à toucher quoi que ce soit. Tes pantoufles à la pointe usée, tes épingles à cheveux, le miroir qui t'a renvoyé ton image, chaque jour un peu plus vieille, pendant de si nombreuses années. Laisser tes si rares biens sans surveillance m'apparaît comme un sacrilège. La terre encore humide du pied de basilic posé sur la fenêtre, tes bas, celui de droite rapiécé plusieurs fois au niveau du gros orteil, étendus sur la barre du rideau de douche, les bouteilles de liqueur remplies d'eau colorée en rose, jaune et bleu ciel conservées dans le buffet « pour faire joli ».

Je voudrais tout mettre en sécurité, comme si ton appartement était sur le point d'être englouti. Sur le meuble à tiroirs, à côté des ciseaux à ongles, il y a un petit peigne en os. Je le caresse, le soupèse, le glisse dans ma poche. Puis le ressors et le remets à sa place, la place que tu lui avais donnée. Je me sens comme un voleur, comme quelqu'un qui se serait introduit chez toi pour fouiller dans ton intimité. J'ouvre la porte et le soleil perce un peu la pénombre. Avant de sortir, je repasse dans le coin cuisine. J'essaie de reconstruire tous tes gestes d'hier, jusqu'à cette poêle laissée sur le gaz, comme pour te tenir compagnie : le boucher d'en face pour la viande, un morceau tendre je vous prie, le primeur à l'angle, au fond de la ruelle, pour les oignons, les carottes et le céleri, toi qui casses à la main les *candele*, ces longues pâtes, dans un saladier en céramique. L'huile qui grésille et réduit les oignons, une lichette de vin pour faire disparaître l'âpreté, la viande qui se désagrège sous l'effet de la chaleur et du temps, comme nous tous, l'eau qui bout et les pâtes qui perdent peu à peu de leur dureté, mais pas trop, juste ce qu'il faut.

Je lève les yeux vers la pendule, c'est l'heure du déjeuner et on dirait que tu as cuisiné pour moi, pour mon arrivée. Alors je soulève le couvercle, prends une fourchette et accepte tes dernières volontés.

Je finis le plat, je lave la poêle et la pose sur l'égouttoir, puis je tire la porte derrière moi et parcours la ruelle dans l'autre sens pour regagner la rue principale. Bruit de mes pas sur la pierre noire, linge étendu qui pleut sur la rue, scooters comme des chevaux endormis au pied des maisons, portes et fenêtres ouvertes sur la rue, regard qui s'efforce de ne pas épier les vies qui s'y entassent.

Une femme que je ne connais pas sort de son *basso*, son visage encore jeune mais marqué est auréolé de cheveux noirs et lisses, elle me dévisage les yeux plissés à cause du soleil, dont elle se protège de sa main en visière. « Vous devez être l'aîné de la pauvre Antonietta paix à son âme, le violoniste…

— Non, je réponds. Je suis un neveu », et je poursuis ma route. Je ne veux pas faire partie de la vie de la ruelle, vorace et inquisitrice. Je n'aime pas que cette inconnue prononce ton prénom comme si c'était celui d'une morte. Elle fait quelques pas dans ma direction. « Ils sont venus la chercher ce matin. À cause de la chaleur, vous comprenez ? Ce n'était pas possible de la laisser là, l'appartement est petit et ils ont dit à la télévision que la température doit encore monter… Vous m'entendez ? » crie-t-elle. Je me tourne et effleure une de mes tempes. « Je suis sourd d'une oreille, mens-je.

— Oh, pardon, dit la femme en me regardant d'un air soupçonneux. La cérémonie aura lieu demain matin, à huit heures et demie, dans l'église de la Sainte. » Elle me scrute encore, méfiante, puis, une fois rentrée chez elle, elle crie dans mon dos : « Dites-le à son fils ! »

Si elle dit cela, c'est par respect pour toi, qui as passé toute ta vie dans cette ruelle, pas pour ton fils disparu, celui qui ne venait jamais te rendre visite.

Au lieu de continuer tout droit pour rejoindre la via Toledo, je préfère rester dans le lacis des ruelles pour échapper à la chaleur. Je me perds parmi les édicules votifs ornés de lumignons et de fleurs, les visages sombres, les dents tordues, les voix rauques et, sans le vouloir, je me retrouve devant l'église où ce soir-là la religieuse providentielle me donna à manger de la soupe, du pain avec de l'huile et des tomates, où la cérémonie pour tes funérailles aura lieu demain matin, comme l'a dit ta voisine. Je m'arrête quelques minutes, sans entrer, et fais semblant de prier. C'est d'ici que je suis parti, c'est ici que je reviens, mais cette fois c'est toi qui es partie sans dire au revoir. Et tu ne reviendras pas.

39

Je retraverse la grande place en contemplant le front de mer, où se trouvent les plus beaux hôtels. J'ai déjà dormi dans certains, tu te moquais de moi : « Tu es devenu riche, tu as poussé comme de la mauvaise herbe. » Je voulais t'acheter un appartement, un appartement normal, avec un escalier, des balcons, un interphone. Tu disais : « Non, je ne veux pas déménager. Ton frère Agostino me supplie depuis des années de venir vivre avec sa femme et lui au Vomero, il est très généreux… et tu devrais voir cette maison, ces meubles, cette vue ! »

Tu n'as jamais voulu me rendre visite chez moi, à Milan. Et à Modène non plus, pas une seule fois de toutes les années que j'ai passées avec Derna, Alcide et Rosa et même après, quand j'étais au conservatoire. Peut-être que tu avais peur du train, je ne te l'ai jamais demandé, je ne te le demanderai jamais. Nous nous sommes aimés de loin, me dis-je. L'as-tu pensé toi aussi ?

Je m'arrête devant l'hôtel le plus luxueux. Je pousse la porte vitrée et me retrouve dans un air glacé qui sèche ma sueur. Je demande une chambre. « Avez-vous une réservation ?

— Non. »

Le réceptionniste lève les yeux vers moi : « Je crains que nous ne soyons complets, monsieur. »

Il porte de petites lunettes dorées, ses rares cheveux sont coiffés en arrière avec du gel, et il affiche un air supérieur, comme s'il ne détenait pas les clés des suites mais celles du paradis. Peut-être que pour lui, c'est la même chose.

« Ma fille a accouché cette nuit, je suis venu faire la connaissance de mon nouveau petit-fils, inventé-je en posant un pourboire généreux sur le comptoir pour le convaincre de me donner une chambre.

— Je comprends, monsieur, je vais essayer de trouver une solution. »

Il fait signe à un jeune homme en livrée de prendre ma valise et mon violon.

« Pas le violon, dis-je. Je le garde avec moi. » Le réceptionniste incline imperceptiblement la tête et me regarde à nouveau par-dessus ses lunettes en fronçant les sourcils. « Combien de jours pensez-vous séjourner ici ? » murmure-t-il.

Je hausse les épaules et il acquiesce vivement.

« Je vous ai trouvé une chambre confortable, monsieur, avec vue sur la mer, dit-il en me tendant la clé. Mes félicitations pour votre petit-fils ! poursuit-il en récupérant ma pièce d'identité. Je vous fais monter votre bagage dans votre chambre dans quelques minutes, monsieur Benvenuti. »

Le jeune homme m'accompagne au premier, m'ouvre la porte et me demande si la chambre me convient. Je le remercie et lui laisse un pourboire. Je dépose mon violon sur le lit, fais le tour de la pièce et ouvre la porte-fenêtre sur le balcon. Je reste immobile, au point de rencontre entre deux courants d'air, l'air glacial de la chambre et l'air brûlant qui monte du bitume. Je suis fatigué, une fatigue profonde, comme si j'étais revenu à Naples à pied. Comme si soudain toutes les années écoulées depuis le jour où je me suis enfui à bord du train pesaient sur mon dos. Je retire ma veste, retrousse les manches de ma chemise et sors le violon de son étui. Je reviens sur le petit balcon et regarde la mer, une ligne bleue qui dessine comme une frontière sur un côté de la ville. Le golfe m'évoque une étreinte si douce qu'elle me fait regretter de n'avoir pas pu t'embrasser, maman. J'ai l'impression que, du soir où je t'ai traitée de menteuse et où j'ai couru à la gare, nous avons été séparés par une incompréhension, une trahison réciproque.

Cette nuit-là, j'ai dormi dans les bras d'une autre femme. Je lui ai raconté que tu étais morte, que je m'étais retrouvé seul, et quand le contrôleur est passé à l'aube, elle lui a dit que j'étais un de ses enfants. Elle m'a payé le ticket d'autocar pour Modène, m'a accompagné et est restée jusqu'à ce qu'il démarre et que j'agite la main derrière la vitre du fond pour lui dire au revoir.

Lorsqu'elle m'a vu sur le seuil de la porte, Rosa s'est mise à pleurer : elle n'arrivait pas à croire que j'étais venu tout seul, sans prévenir personne. Puis Derna est arrivée et elle s'est empressée de téléphoner à Maddalena. Elle a dit que tu étais sans doute en train de me chercher dans tout le quartier, affolée.

J'ai pensé au portrait de l'enfant que tu gardais sur ta table de nuit, celui de mon frère que je n'avais jamais connu. Je n'avais jamais connu mon père non plus, ni tes parents. Il ne te restait que moi, mais j'étais de la mauvaise herbe. Quelques jours après, une lettre de toi est arrivée, je n'ai pas su déterminer si tu étais en colère ou pas. Tu disais juste que si là-haut ils voulaient me garder, très bien, sinon je devais redescendre dare-dare. Je suis resté là-haut.

40

À l'hôtel, je paresse, la climatisation réglée au maximum : j'attends que le temps passe jusqu'à demain. Dans le silence du début d'après-midi, un cri monte de la rue : « Hé, Carminiè ! » Je sors sur le balcon : un groupe de cinq enfants passe devant l'hôtel, ils s'arrêtent, repartent, repassent. Le plus âgé doit avoir une douzaine d'années, le plus jeune sept ou huit ans. Je les observe suivre les touristes pour obtenir un peu de monnaie ou peut-être pour les escroquer. Le plus petit, très brun, lève la tête et me regarde. Je détourne les yeux et me hâte de refermer la porte-fenêtre pour repousser ces voix hors de ma chambre mais c'est trop tard, leur dialecte s'est insinué dans ma tête. Le même que quand je jouais dehors pendant des heures puis que, le soir, je rentrais chez toi.

Mon violon est sur le lit. Je joue pour éloigner ces voix mais je continue de les entendre, bien qu'atténuées, et avec elles les sons de mon enfance se fraient un passage depuis les tréfonds de ma mémoire. D'abord, les voix perçantes des enfants : violons, altos ou violoncelles selon leur âge. Puis la contrebasse des femmes, au son grave et guttural, presque masculin, qui bat la mesure de la vie quotidienne. Enfin, les bois, le son un peu creux et par contraste presque féminin des hommes : piccolos, clarinettes, flûtes.

Les cris sur les marchés, les bavardages infinis des commères sur le seuil des *bassi*, les enfants qui se poursuivent dans la rue, puis une voix, conservée dans le cœur le plus ancien de ma mémoire.

« Amerigo, Ameri' ! Va vite chercher deux lires chez la Royale… »

C'est ta voix, maman.

41

Je passe l'après-midi dans ma chambre, attendant que la température baisse. Je n'ai pas appelé Derna, je n'ai appelé personne ; de la sorte, j'ai eu l'impression de te garder encore en vie, à l'abri de la mort, au moins dans la tête des autres.

Au coucher du soleil, j'enfile mes chaussures et sors. Je ne suis pas sûr d'avoir faim mais retourne quand même dans ton quartier, à la recherche d'un petit restaurant, humant le fumet du dîner qui s'échappe par les fenêtres ouvertes. Quatre tables dans un sous-sol sans fenêtres et trois à l'extérieur, dans la rue. Le propriétaire, t-shirt et pantalon blancs, m'accueille avec enthousiasme, comme s'il m'attendait, et me fait asseoir sur cette terrasse illégale, à une table dressée avec une nappe de papier blanc et un verre ébréché. Il me tend une feuille tachée de gras où les plats du jour sont écrits à la main. Je le regarde, étonné, imaginant qu'il m'a reconnu, avant de m'apercevoir que son comportement est le même avec tous les clients, reçus avec les mêmes flatteries et la même familiarité outrancière, elles aussi au menu du jour. Je commande un plat de pâtes aux pommes de terre, comme celles que tu me préparais, avec des croûtes de provolone ramolli pour donner du goût. Je bois une gorgée de vin et goûte la première cuillerée. Les macaronis mélangés au fromage fondent dans ma bouche. Tu me recommandais toujours de manger par petites bouchées, sinon j'allais m'étouffer et comment allait-on m'emmener à l'hôpital, après ? Mais moi j'aimais me remplir la bouche de cette saveur, qui unissait le goût sucré des pommes de terre au goût salé du provolone et qui continuait de me piquer les lèvres après que j'avais fini mon assiette.

Je mange avec un appétit indécent en temps de deuil, gratte de la pointe de ma cuillère tous les résidus de fromage. La faim est sournoise, elle n'a cure des bonnes manières et des sentiments. Je m'essuie la bouche et demande l'addition. Le propriétaire écrit des chiffres en colonne à même la nappe, puis trace une ligne horizontale sous laquelle il note le total. Quelques milliers de lires. J'y ajoute un bon pourboire et le salue. Au bout de quelques pas, je rebrousse chemin. « Avez-vous une pomme ? demandé-je.

— Quel genre de pomme, m'sieur ?

— Une pomme Annurca », murmuré-je, un peu gêné.

Il me fait signe d'attendre, disparaît au sous-sol et en ressort avec un petit fruit rouge, un cœur compact.

« Je vous dois combien ?

— Rien du tout, m'sieur, enfin ! Ces pommes, je les vends pas. Aujourd'hui, plus personne ne sait apprécier les pommes Annurca. Les gens veulent des grosses pommes qui n'ont aucun goût. Une pomme Annurca, ça s'offre aux connaisseurs.

— Eh bien… merci, dis-je en la mettant dans ma poche.

— Portez-vous bien, m'sieur », répond l'homme avant de disparaître à nouveau.

Sur le chemin de l'hôtel, la pomme qui gonfle ma poche me tient compagnie, comme celle que tu m'avais donnée ce jour-là, au départ du train pour Bologne. Tu m'avais confié à Maddalena Criscuolo, je me demande ce qu'elle est devenue. C'était une belle jeune fille, elle doit être âgée, maintenant. Comme moi.

Cette pomme, je l'ai laissée se flétrir sur mon bureau, chez Derna. Je ne voulais pas la manger pour conserver le souvenir de toi, et un jour elle avait disparu. Voilà que la chose se reproduit : j'ai laissé le temps passer et maintenant il est trop tard.

42

Dehors, la lumière est si intense que la pénombre n'en paraît que plus dense à l'intérieur. La pluie s'est mise à tomber malgré le soleil et, dans l'église, l'air est lourd d'humidité. Tu es là, devant, à la croisée du transept, ton cercueil de bois repose sur une table métallique à roulettes, un meuble prêt pour le déménagement.

Un enfant en aube blanche agite un encensoir qui répand une légère brume grise. Quand le prêtre entre, tout le monde se lève ; la chaleur, l'odeur de renfermé et la pénombre me suffoquent. Et surtout le fait de te savoir là-dedans.

Je baisse la tête pour donner l'impression que je prie. Le prêtre parle, je n'entends rien. Tu ne m'as jamais emmené à l'église. Dieu, la Vierge et les saints, c'était pas ta spécialité. Alcide non plus n'a jamais parlé avec les prêtres. Peu à peu, mes yeux s'accoutument à l'obscurité et j'essaie de distinguer les visages. Au premier rang, il y a des femmes vêtues de noir aux cheveux attachés, l'une d'elles a une tresse blanche qui entoure sa tête comme une couronne. On dirait une fillette très âgée. Un vieil homme est assis tout seul sur un banc du deuxième rang, sa tignasse grisâtre entre dans le col de sa chemise, également grise. Il cligne sans cesse des paupières. Son tic retient mon regard quelques secondes. Ses yeux, d'un bleu intense, ont gardé un éclat de jeunesse, mais il a l'air las, comme tous les autres membres de l'assemblée. Leurs visages sont blancs, leurs traits tirés, comme frottés à l'eau de Javel. Tu n'avais pas de famille, tu n'avais que moi. Puis tu as eu Agostino. Je le cherche des yeux, en vain. Je ne l'ai pas vu depuis si longtemps que je ne sais pas si je le reconnaîtrais. Nous sommes peu nombreux, tous bien chaussés. Nos chaussures sont un peu usées, mais en bon état. Un point et demi.

Le prêtre parle comme s'il t'avait connue, et peut-être est-ce le cas. Peut-être que dans tes vieux jours tu t'étais mise à fréquenter l'église, à aller à la messe le dimanche, à te confesser et à communier, à réciter des chapelets avec les autres femmes de la ruelle. Peut-être qu'il te connaît mieux que moi. Peut-être que, de tous, c'est moi qui te connais le moins. Le prêtre dit que tu étais quelqu'un de bien et que maintenant Dieu t'accueille dans sa gloire, au paradis, avec les anges et tous les saints. J'ai beau être ici un étranger, je persiste à penser que tu te fichais éperdument des anges, des saints et du paradis, parce que tu étais bien dans ces ruelles, au milieu des rengaines sempiternelles de leurs habitants, dans ton *basso*. C'est pour cela que tu t'étais préparé une sauce *genovese* pour tes pâtes du lendemain, non pas pour t'en aller dans la gloire des saints. Mais la mort est sournoise, despotique, elle va tirer les gens de leurs habitudes, de leurs petites certitudes. Chacun perfectionne sa méthode pour ne pas mourir et tout le monde se trompe. On se trompe quand on pense échapper à la mort en se préparant une sauce *genovese* pour le lendemain. On se trompe quand on s'enfuit dans une autre ville à la recherche d'un destin différent. On se trompe quand on pense que la musique nous protégera. Il n'y a pas de refuge. La mort vient chercher tout le monde, et peut-être que moi aussi je mourrai ici, de peur, de chaud et de mélancolie.

Malgré mon envie de crier, je reste muet, ravalant mes larmes. Le prêtre dit asseyez-vous et nous nous asseyons, le prêtre dit levez-vous et nous nous levons. Je repense au singe dressé du vieux sur le Rettifilo. Le prêtre nous invite à communier et certains quittent leur banc de bois pour se mettre en file. Le vieil homme au tic reste à sa place. Je fixe un tableau représentant la Sainte à l'agonie, son visage pâle et ses lèvres carmin. Elle n'a pas l'apparence d'une moribonde, plutôt d'une jolie jeune fille se préparant à une fête. J'essaie d'imaginer que la Sainte sur le tableau te ressemble, que là-dedans tu as l'air paisible et que tes cheveux sont bien coiffés. Puis, alors que la communion se poursuit, je me lève et me dirige vers l'autel. Arrivé en face de la chaire, je sors mon violon de son étui et me mets à jouer. Mon archet frotte les cordes et l'église s'emplit d'une mélodie très douce, tantôt grave, tantôt aiguë, qui ressemble parfois à une hymne de joie, et non plus à la lamentation d'une mère ayant perdu son fils. C'est un air tiré du *Stabat*

Mater de Pergolèse, mais comment le saurais-tu ? Tu ne m'as jamais entendu jouer.

Je joue pendant quelques minutes, main droite, main gauche, archet et cordes. Quand la musique s'évanouit, on n'entend plus que la pluie. Tout le monde regagne sa place. Le prêtre reste silencieux. J'essaie de détourner le regard du cercueil où tu flottes, immobile, mais n'y parviens pas. Je veux sortir, partir de là, maintenant, sans même passer récupérer mes affaires à l'hôtel. Comme si je n'étais jamais revenu et que tu étais encore sur le quai où je t'ai laissée ce jour-là, à m'attendre.

Le prêtre déclare que la messe est finie, que nous pouvons aller en paix, rentrer chez nous. Quelle paix ? Quel chez-nous ? Une femme aux cheveux courts s'approche de ton cercueil tandis que quatre hommes, dont le vieillard au tic, s'apprêtent à le charger sur leur épaule et le porter sur le parvis. La femme serre son poing et le brandit. Elle relève la tête et me sourit. Je m'approche de toi à mon tour et caresse le bois. Il est dur et rêche. Je retire aussitôt ma main que j'enfonce dans ma poche. Derrière nous, les gens saluent ton cercueil et, un à un, ils s'inclinent, se tournent et s'en vont.

Il a cessé de pleuvoir, mais la rue est mouillée, elle sent la terre et les légumes pourris. La vieille dame aux cheveux courts se dirige vers moi, bras ouverts. L'enfant de chœur brun, qui a enlevé son aube, se tient en retrait. « Viens, Carmine, ne sois pas timide, lui dit-elle. Ce monsieur porte le même nom de famille que toi, Speranza. » Je ne comprends pas, je n'ai pas envie de m'éterniser, je veux partir. « Vous faites erreur, madame, mon nom de famille est Benvenuti », marmonné-je. Elle m'appelle par mon prénom et pose les deux mains sur mes épaules. J'ai l'impression de reconnaître l'enfant, c'est celui qui passait hier après-midi sous le balcon de ma chambre avec la bande de gamins. Il me scrute les yeux plissés, comme si l'église, l'humidité, ton cercueil marron qui s'éloigne sur les épaules de quatre inconnus étaient ma faute. Mais c'est peut-être moi qui le pense, pas lui. Lui, c'est juste un garçonnet triste, devant un monsieur entre deux âges qu'il n'avait jamais vu.

« Tu es venu en train », dit la vieille dame, comme si elle reprenait une vieille conversation entre elle et moi. Je la reconnais d'abord à sa voix mais je ne réponds pas, pas même pour dire que je ne prends jamais le train parce que le cliquetis exténuant sur les rails, pareil à une langue qui agace toujours le même point douloureux, me fait penser à un enfant qui s'enfuit.

« Ça fait bien longtemps, continue-t-elle sans attendre ma réponse, mais que veux-tu, vous restez mes petits. Beaucoup viennent encore me rendre visite. Qu'ils soient revenus ou qu'ils soient restés là-haut. »

Tout doucement son image se recompose, comme un visage qui apparaît sur le papier photographique sous l'effet du révélateur. Bouche, cheveux, yeux, forme des pommettes. Mais tout d'abord j'ai reconnu sa voix. Celle qui chantait dans le mégaphone au départ du train, celle qui me demanda un jour, pleine de reproche, pourquoi je n'étais pas venu chercher les lettres de Derna.

La pluie s'est remise à tomber, elle est si légère qu'avec la chaleur elle s'évapore presque avant de toucher le sol. Il ne reste plus que nous trois sur le parvis.

43

Les étals de fruits et de légumes de la Pignasecca semblent parler tout seuls, comme si les cris provenaient non du vendeur mais de la marchandise qui remplit les corbeilles et les cageots, aussi soigneusement agencée qu'une composition artistique. Maddalena marche devant moi en tenant l'enfant par la main et je reste en arrière, comme autrefois avec toi. Ce n'est pas ma faute, ce sont mes chaussures qui me font mal, une ampoule m'élance à chaque pas. Quand nous traversons la rue débordante de victuailles et d'humanité, Maddalena s'arrête pour m'attendre. Elle sait toujours où nous conduire, moi, l'enfant aux cheveux noirs, les enfants du train. Et nous la suivons.

Les passants me bousculent, je n'essaie plus de les éviter. Devant l'église, au moment où je l'ai reconnue, Maddalena m'a paru grande, forte, telle que je la voyais quand j'étais petit. Maintenant, dans l'entrelacs des ruelles de son quartier, elle est menue, diminuée par les ans. La foule est bruyante, il fait lourd. Je porte instinctivement la main à mon oreille pour atténuer les bruits et isoler la voix de Maddalena : « Carmine est le fils de ton frère Agostino. »

Pour mes dix ans, tu avais promis que tu viendrais à Modène avec un cadeau que je ne pouvais même pas imaginer. C'était la première fois que tu montais me voir, nous étions tous très émus. Mais le matin même, tu as téléphoné, c'est Derna qui a répondu. Tu m'as souhaité un joyeux anniversaire et tu m'as dit que tu ne viendrais pas, le médecin te l'avait déconseillé, tu devais te reposer. « Tu viendras voir ton frère ? Il naîtra bientôt », m'as-tu dit.

Je n'ai pas répondu, les larmes me brûlaient les yeux, comme lorsque j'avais beaucoup de fièvre.

Quelques mois plus tard, nous avons appris que le petit garçon était né. Tu l'avais appelé Agostino, comme ton père. Son nom de famille, c'était Speranza, tes enfants étaient tous pleins d'espérance. J'ai décidé que jamais je ne reviendrais chez toi.

Quand j'ai demandé à Alcide si je pouvais tenter le conservatoire, il m'a donné l'argent pour le train et m'a acheté une nouvelle veste, ma place d'étudiant c'était à moi de la gagner. Mon professeur de musique, M. Serafini, m'a accompagné à Pesaro un matin d'automne. La plaine disparaissait sous une épaisse nappe de brouillard. Une fois encore le cliquetis lent et rythmé du train m'emportait loin de chez moi.

Nous sommes entrés dans une pièce au parquet sombre, meublée de fauteuils tapissés de velours rouge où d'autres enfants de mon âge étaient assis, et M. Serafini m'a laissé seul. Quand mon tour est venu, j'ai sorti mon violon de son étui et j'ai commencé, archet et cordes, main gauche, main droite. Nous avions choisi un air du *Stabat Mater*. J'ai passé mon audition, j'ai été accepté et je suis resté là-bas, à l'internat.

44

Maddalena me chuchote à l'oreille que les parents de l'enfant ont eu un problème avec la justice. « Et donc ? demandé-je.

— Ils sont en prison », me répond-elle à voix basse.

Je m'arrête au milieu de la route, un scooter blanc avec trois gamins à bord me frôle le coude. Maddalena et l'enfant disparaissent dans la foule et je me mets à courir. Je les rejoins au moment où ils entrent dans un immeuble. « On est arrivés », annonce-t-elle.

Nous montons deux étages à pied et je vois sur la porte la plaque « Criscuolo ». L'appartement de Maddalena est minuscule mais parfaitement ordonné. On dirait un domicile temporaire, alors qu'elle y habite depuis une trentaine d'années, m'explique-t-elle. Elle n'aime pas avoir trop de choses, seulement le nécessaire. Presque rien, me dis-je.

Elle nous fait asseoir dans la cuisine, apporte une bouteille d'eau fraîche. « Vous voulez de l'Idrolitina dedans ? »

Du réservoir infini d'objets et de sensations oubliés surgissent la bouteille de verre pleine d'eau et ma menotte qui y laissait tomber cette poudre mystérieuse puis la secouait fortement. Je répète les mêmes gestes, presque cinquante ans plus tard, je débouche la bouteille et remplis les verres.

« Carmine, tu aimes dessiner ? » demande Maddalena.

Il ne répond pas. Maddalena lui donne une feuille blanche et des feutres. « Dessine-moi, mais dessine-moi jolie, hein ? Comme j'étais quand j'étais jeune, quand ton tonton Amerigo m'a connue. »

Et elle lui tend une photo en noir et blanc de l'époque.

Un peu hésitant, Carmine commence à dessiner et nous nous installons dans la salle à manger, meublée d'une petite table et de deux chaises. Il n'y a pas de téléviseur, juste une radio. Nous nous asseyons l'un en face de l'autre : deux personnes qui ont dépassé le mitan de leur existence et s'acheminent vers l'extrémité.

« J'ai revu plein d'enfants qui étaient dans le train avec toi. Leurs mères me demandaient d'écrire une lettre aux inconnus qui, pendant six mois, un an et parfois plus, avaient accueilli leurs enfants et les avaient traités comme les leurs. Beaucoup sont restés en contact. Ils passaient les vacances ensemble, en été ou en hiver. Ils continuaient à s'aider, même de loin. »

Les murs sont couverts de photographies : sur l'une d'elles, un grand groupe d'enfants qui agitent des petits drapeaux tricolores. Elle est en noir et blanc, mais les drapeaux ont été colorisés, vert blanc rouge, ils contrastent avec les visages gris. Sur une autre, les enfants sont à Bologne, ils ont passé la nuit dans le train, leurs vêtements sont froissés, leurs traits tirés, quelques-uns rient dans ce désordre. Deux femmes portent un panneau où il est écrit : « Nous sommes les enfants du Mezzogiorno. La solidarité et l'amour des habitants de l'Émilie prouvent que le Nord et le Sud n'existent pas, seule existe l'Italie. » Que ces mots sont dépassés, me dis-je, que ces espoirs sont lointains et démodés.

« Nous en avons aidé beaucoup. Mais ça n'en finit jamais, soupire-t-elle. Après l'arrestation de ses parents, ton neveu Carmine a habité chez sa grand-mère. Le prêtre, don Salvatore, s'occupait aussi un peu de lui. Maintenant, il se retrouve tout seul.

— Je n'étais pas au courant pour Agostino. Quand est-ce que c'est arrivé ?

— Il y a quelques mois, je n'en sais pas plus. Je voyais Antonietta, mais elle ne m'a jamais dit grand-chose des activités de ton frère. Selon elle, il était innocent et il allait prouver que sa femme et lui n'avaient rien à voir avec tout ça. Je sais seulement qu'il s'était embarqué dans de sombres histoires, il a gagné beaucoup d'argent très vite. L'accusation doit être grave, s'ils ne l'ont même pas autorisé à assister aux obsèques de sa mère. Carmine était souvent laissé à lui-même, y compris avant l'arrestation, et s'il n'y avait pas eu sa grand-mère… Maintenant, ce sont les services sociaux qui vont s'en occuper. »

Je regarde l'enfant par la porte ouverte : il est à genoux sur la chaise, les coudes posés sur la table de la cuisine. Te ressemble-t-il, ressemble-t-il à son père,

Agostino, ton fils gentil, celui qui est resté auprès de toi ? Il a des cheveux noirs et lisses comme les tiens.

« C'est un bon petit, mais là il est un peu perdu, dit Maddalena. Et toi ? Tu t'es marié ? Tu as des enfants ? »

L'enfant prend une autre feuille et se tourne vers moi. Pendant quelques secondes, nos regards se croisent, puis je baisse les yeux.

« Oui, je suis marié », mens-je.

Elle hoche la tête et sourit. Je continue à m'inventer une autre vie : « J'ai deux enfants, ils sont grands maintenant, ils étudient la musique tous les deux », puis je change de sujet, j'ai du mal à faire semblant avec elle.

« Tu te souviens de Tommasino ? » dit-elle en me servant un verre de limoncello qu'elle a fait elle-même.

Ce petit bonhomme brun et bouclé surgit sur le mur de ma mémoire, comme si c'était une autre de ces photographies en noir et blanc.

« Vous êtes restés en contact ? demande-t-elle.

— Je ne suis en contact avec personne. Je ne savais même pas ce qu'Agostino faisait, quel âge avait son fils, qu'il était en taule, que ma mère avait des problèmes cardiaques… »

Je m'aperçois que j'ai élevé la voix, alors je me tais, hausse les épaules et soupire. Maddalena se moque du passé. Même si elle est âgée, elle ne pense qu'à l'avenir. En cela, elle n'a pas changé. « Tommasino a fait une belle carrière, me raconte-t-elle. Avec l'aide de son père du Nord, il a pu faire des études tout en restant ici, avec sa famille. Il est devenu magistrat.

— Quoi ? Lui qui volait des pommes sur la carriole de Tête-Blanche sur la piazza Mercato et qui filait plus vite que son ombre…

— C'est peut-être justement pour cela. Il est juge des tutelles et m'a souvent aidée, j'ai enseigné pendant des années dans des quartiers où il était fréquent que les parents des enfants soient en prison ou en cavale… Je l'appelais quand j'avais besoin d'une intervention ou même juste d'un conseil. »

Maddalena esquisse une grimace amère et se penche pour regarder dans la pièce d'à côté. Puis elle boit une gorgée de sa liqueur jaune et poursuit.

« C'était plus facile autrefois. Il y avait le Parti, il y avait les camarades du Parti. Aujourd'hui il n'y a plus rien, ceux qui veulent faire quelque chose de bien doivent se débrouiller tout seuls pour y arriver. Autrefois, les sections du Parti organisaient des initiatives quartier par quartier pour les enfants et les sortaient de la rue. Maintenant il n'y a plus que les prêtres qui font ça… Ce n'est pas qu'ils font du mal, hein, ils font même plutôt du bien. Mais ce n'est plus politique, je ne sais pas si tu vois ce que je veux dire, ce n'est que de la charité. Ce n'est pas pareil.

— Le temps passe, les choses changent.

— Le temps passe, mais certaines choses ne devraient pas changer. La solidarité, par exemple. Tu te souviens ? La so-li-da-ri-té…

— Et le communiste blond ? » Il me revient soudain à l'esprit. « Celui qui te faisait la cour !

— Qui, Guido ? Il ne me faisait pas la cour ! On était tous camarades. On avait mille idées en tête, mais on ne pensait pas à l'amour. Enfin, moi je n'y pensais pas…

— Toi, peut-être pas, mais lui… Je me souviens comme il te regardait, le matin où on est partis…

— Pauvre Guido ! soupire Maddalena. Il a fini par être expulsé du Parti. Une triste histoire. Il a déménagé dans une autre ville et il a abandonné la politique. Puis il est devenu professeur à l'université, mais quelque chose en lui s'était brisé. Il n'a plus jamais été le même. Avec moi non plus, d'ailleurs. On s'appréciait, pas comme tu penses, mais on s'appréciait, et après ça quelque chose s'est cassé entre nous. »

Elle secoue la tête, une mèche de cheveux blancs glisse sur son visage.

« Non… tout n'était pas rose, à vrai dire. C'est bien parce que j'avais vingt ans et que j'étais amoureuse du concept. Mais il y avait aussi des aspects moches. Il y en avait qui n'étaient amoureux que d'eux-mêmes et les idées venaient derrière, loin derrière. »

Par-dessus la table, elle prend ma main dans la sienne, dont le dos et les doigts sont constellés de petites taches marron.

« Tu as connu tout ça, tu as été aidé, tu as fait des études, tu es devenu un musicien reconnu. Tu as eu ta chance, tu es quelqu'un de bien et tu sais que ça vaut toujours la peine d'essayer, même si parfois on se trompe ou que nos actions ne sont pas tout à fait dans le juste. On *doit* faire tout ce qu'on *peut* faire. »

Je retire ma main. Un musicien reconnu, quelqu'un de bien : je ne suis pas certain d'être la personne dont elle parle.

« Maddalena, je comprends ce que tu veux dire, finis-je par répondre, et j'en suis flatté, crois-moi… Mais j'ai ma vie, j'ai plus de cinquante ans. Toi, tu as décidé de ne pas avoir d'enfants et de prendre soin de ceux des autres. Moi, de me consacrer à la musique. Chacun fait ses choix. Et puis cet enfant a un père. Moi, j'ai dû aller m'en chercher un. »

Sur le visage de Maddalena se dessine une expression étrange, dont je ne trouve pas d'équivalent dans mes souvenirs. « On ne peut pas tout choisir, on fait certains choix par défaut, parce que les autres nous obligent à les faire…

— C'est à moi, qui ai été mis dans un train à l'âge de sept ans, que tu dis ça ? D'un côté il y avait ma mère, de l'autre tout ce dont je rêvais : une famille, une maison, une chambre rien que pour moi, des repas chauds, le violon. Un homme prêt à me donner son nom de famille. J'ai été aidé, c'est sûr, mais j'ai aussi eu horriblement honte. L'accueil, la solidarité, comme tu dis, ça a aussi un goût amer, à la fois pour ceux qui en font preuve et pour ceux qui en bénéficient. C'est pour ça que c'est si dur. Je rêvais d'être comme les autres. Je voulais faire oublier d'où je venais et pourquoi. J'ai beaucoup reçu mais j'en ai payé le prix en faisant une croix sur pas mal de choses. D'ailleurs, je n'ai jamais raconté mon histoire à personne.

— Moi non plus, figure-toi. »

Elle me regarde et, je ne sais pas pourquoi, je repense au récit de la Jacasse, Teresinella son pistolet à la main, son corps qui tremblait à chaque tir.

« À dix-sept ans, je suis tombée enceinte. Le père était aussi jeune que moi, il n'a pas voulu en entendre parler. On m'a emmenée à la campagne, chez une tante, jusqu'à la naissance de ma fille. Mon père a eu peur d'être expulsé du Parti si cette histoire venait à se savoir. Je n'ai pas eu le choix, moi non plus. Je me suis réveillée un matin, je sentais le lait monter mais ma fille n'était plus là. »

Le corps de Teresinella qui arrête de tirer et de trembler, les yeux de Maddalena qui ne trouve plus son bébé. Elle égrène ses mots doucement, comme s'ils devaient retraverser toute sa vie, depuis le matin où elle s'est réveillée la poitrine gonflée à maintenant, et se dilater pour remplir toutes les années passées entre-temps.

Elle sourit à nouveau, comme par habitude, et je retrouve la Maddalena que j'ai connue. « La solidarité, ça veut dire ça aussi. Ce que je n'ai pas pu faire pour elle, je l'ai fait pour les autres. »

45

Maddalena me raccompagne à la porte. L'enfant nous suit, les mains dans le dos, j'évite son regard. Elle se tape le front en levant les yeux au ciel, elle allait oublier quelque chose. Elle nous laisse seuls dans l'entrée. Je suis fatigué et je n'ai qu'une envie, rentrer à l'hôtel. La pensée du bébé arraché à sa mère ne me lâche pas.

L'enfant sort les mains de son dos et me montre deux dessins. Le premier représente Maddalena quand elle était jeune. Sur l'autre, il y a un ovale rose avec au milieu deux petits ronds bleus, des cheveux orange et une ligne, rose aussi et courbée vers le bas, sans doute une bouche. « C'est toi, dit-il en me le tendant. Je t'ai dessiné plus jeune, toi aussi… ça te plaît ? »

J'approche et recule le dessin, fais mine de l'étudier scrupuleusement pour en décrypter tous les détails. « Il est beau… mais pourquoi il y a un perroquet sur mon épaule ?

— Un perroquet ? Mais non, c'est un violon ! Mamie m'a dit que tu en as un depuis que tu es petit. »

Je me revois en train de regarder sous le lit. L'enfant m'observe, il veut peut-être que je lui raconte cette histoire. Les enfants veulent toujours qu'on leur raconte une histoire. Mais je ne sais pas raconter. Je plie le dessin et le glisse dans ma poche.

« Merci », dis-je.

Il a l'air déçu, comme s'il m'avait fait un cadeau extraordinaire et n'avait rien reçu en échange.

« Mamie m'a raconté plein de trucs sur toi, déclare-t-il, l'air rusé.

— Mamie t'a parlé de moi ?

— Elle gardait tous les articles de journaux sur toi !

— Elle ne m'a jamais entendu jouer.

— On t'a regardé à la télé, elle en a acheté une exprès. »

Il étudie ma réaction.

« T'es une star ?

— Ça te fait plaisir si je suis une star ? »

Il fait la moue et hausse les épaules. Je ne sais pas trop quoi en conclure.

« Tu m'apprendras ?

— Quoi ?

— À être une star.

— Euh… on verra.

— Comme ça, je passerai à la télé comme toi.

— Maddalena, il faut que j'y aille…

— Me voilà ! »

Maddalena est de retour avec une photographie jaunie.

Elle a été prise devant l'Hospice des pauvres : il y a Maddalena, avec d'autres filles de son âge, le communiste blond et le camarade Maurizio, qui est devenu maire par la suite.

Ils sont entourés d'un groupe d'enfants, certains avec leurs mères, d'autres seuls. Maddalena touche tous ces visages que le temps a dû transformer, et rendre méconnaissables. Son doigt maigre parcourt chaque rangée de visages, comme si elle lisait, jusqu'à ce qu'elle s'arrête sur un enfant aux cheveux ras, à côté de sa mère aux pommettes saillantes et à la bouche charnue, qui ne sourit pas. On voit à ses mains qu'elle n'a pas su qu'en faire, gênée, et qu'ainsi elle en a posé une sur l'épaule de l'enfant. C'est pourquoi il s'est tourné vers elle, un peu étonné de ce geste.

Je me regarde sur la photo. Puis je te regarde. Nous sommes là, tous les deux, nous échangeons un regard égaré avant de nous séparer.

« Passe saluer Tommasino », dit Maddalena depuis le seuil tandis que je descends enfin l'escalier. Je ne réponds pas, mais me retourne une dernière fois parce que je sais que je ne la reverrai jamais et je suis pris d'un sentiment étrange, une nostalgie par anticipation. La tête de l'enfant apparaît derrière elle, l'air toujours déçu, comme si j'étais un escroc, quelqu'un qui ne tient pas ses engagements. Qu'est-ce qu'il attendait de moi ? Et que pourrais-je lui apporter ? De l'argent, des cadeaux, un coup de fil de temps en temps ? Son regard me met mal à l'aise, il me rappelle toutes les situations où je n'ai effectivement pas tenu mes engagements et où j'ai trouvé plus facile de fuir.

46

Je reprends le même parcours qu'à l'aller. Les marchands ont démonté leurs étals, la rue semble deux fois plus grande. La chaleur est moins accablante, un petit vent qui apporte l'odeur de la mer s'est levé, venant rappeler qu'elle est toujours proche, même lorsqu'on ne la voit pas.

Je n'ai plus envie de rentrer à l'hôtel, je n'ai pas faim, je ne sais pas si tu me manques et je ne sais pas encore comment tu me manqueras. La distance est devenue une habitude entre nous. Nous avons raté bien des rendez-vous. Depuis le moment où tu m'as fait monter dans ce train, toi et moi avons emprunté des voies différentes, qui ne se sont plus jamais croisées. Maintenant que cette distance est infranchissable et que je sais que je ne te verrai plus jamais, je me demande si tout cela n'a pas été une méprise réciproque. Un amour fait de malentendus.

Il n'y a plus personne dans la rue, où règne un silence inhabituel. Au loin, on entend une corne de brume et des pétards claquer. Les marchands de la via Toledo baissent leurs rideaux de fer en toute hâte pour rentrer chez eux voir le match. Je prends une ruelle et commence à monter, sur la droite il y a l'atelier d'un cordonnier. Il ne ferme pas, il n'a l'air pressé d'aller nulle part, assis dans sa caverne minuscule débordant de chaussures à ressemeler ou à réparer. Je passe la tête dans la boutique pour demander au vieil homme à son établi s'il peut faire quelque chose pour les miennes, qui me font mal. Il me fait asseoir sur un tabouret et me demande de les enlever. L'une après l'autre, il les étudie sous toutes les coutures, puis regarde mes pieds. Sans mot dire, il me fait signe d'attendre et disparaît dans un cagibi. Il revient avec un outil en bois de la forme d'un pied, d'où sort une manivelle fixée par une vis noire. Je retiens mon souffle, comme si un sortilège allait avoir lieu. Il introduit son engin dans ma chaussure droite et tourne la manivelle, une, deux, trois fois. Puis répète l'opération avec ma chaussure gauche. Il les brosse, les cire et les pose devant moi. « C'est tout ? » ai-je envie de dire.

Il reste immobile à attendre que je les enfile. Je fais quelques pas, ma douleur aux talons s'est envolée. Je n'arrive pas à y croire. « Les pieds sont tous différents, chacun a sa forme, il faut savoir les aider. Sinon, on souffre tout le temps », finit par déclarer le vieil homme.

Je le remercie, demande combien je lui dois. « Rien, répond-il en agitant la main. Ça m'a pris deux secondes. »

Et il disparaît à nouveau. Je reprends le chemin de l'hôtel, plus rapide, plus droit. Quiconque me verrait passer maintenant croirait que je suis un homme insouciant.

47

Quand j'ouvre les yeux, il fait encore nuit. Je me retourne dans mon lit sans réussir à me rendormir. Je me lève, vais sur le balcon. À l'horizon, le ciel pâlit déjà. Je n'ai jamais aimé l'aube : elle a le goût des nuits blanches, des rêves tourmentés, des urgences, des avions qui décollent trop tôt à destination de villes étrangères. Pour moi, toutes les villes sont étrangères.

Je prends une longue douche, enfile une chemise claire et un pantalon léger, sans veste, puis mes chaussettes et mes chaussures ; plus besoin de pansements. De retour dans la salle de bains, je regarde mon reflet dans le miroir comme si je le voyais pour la première fois. Mes yeux sont les mêmes, d'un bleu dense, hérité de je ne sais où. Peut-être de ce père mystérieux, passionné d'Amérique, qui ne m'a laissé que mon prénom avant de disparaître. Les tiens étaient noirs, de même que tes cheveux et tes sourcils fins à la ligne nette, comme tracés au fusain. J'étais un enfant mais je savais que tu étais belle. Pas belle comme une mère est belle aux yeux de son enfant. Je sentais que tu plaisais aux hommes. Je percevais leurs regards sur ton passage, leurs mots lourds de sous-entendus. Tu étais si jeune quand je suis né, tu avais perdu tes deux parents, ton père au front, ta mère sous les bombes. Tu avais survécu et exécutais des travaux de couture pour survivre. De petites commandes, quelques rapiéçages. Tu n'as jamais voulu demander quoi que ce soit à quiconque. Les hommes que tu as eus ne t'ont laissé que des enfants. Et toi, que m'as-tu laissé ? Que me reste-t-il de toi ? Peut-être ta manière de regarder la vie toujours un peu de travers, avec le soupçon que tout ça cache une arnaque. Et ton air taciturne. Moi qui, enfant, étais un moulin à paroles, maintenant que j'ai le double de l'âge que tu avais alors, j'ai fini par te ressembler. Parler, c'est plus ma spécialité. L'innocence de ces années-là s'est transformée en masque d'indifférence, et ma sincérité d'alors en penchant pour le mensonge.

Le petit déjeuner n'est pas encore servi à l'hôtel, je le prendrai sur la route. J'ai le temps. Je longe le front de mer jusqu'à la piazza del Plebiscito. Je n'ai plus le sentiment d'être un touriste, pas non plus celui d'être d'ici. Peut-être que je ne serai toujours que quelqu'un qui est parti.

Je m'arrête dans une pâtisserie de la via Toledo, elle est restée pareille que dans mon souvenir, avec ses présentoirs bleu clair et ses fournées incessantes de petits gâteaux dont le parfum de vanille et de miel embaume le trottoir. C'était là que nous venions, Tommasino et moi, avec à la main la menue monnaie donnée par la Royale, pour partager ce minuscule plaisir comme s'il s'agissait d'un bien exceptionnel.

Avant mon départ, des quantités de choses me paraissaient exceptionnelles.

Je m'assieds à une table caressée par le soleil et déguste ma pâtisserie. En cet instant, je pourrais être quelqu'un d'autre. Un comptable, un cordonnier, un médecin. Je paie et poursuis mon itinéraire.

Le tribunal pour mineurs est un bâtiment bas et rouge, entouré d'une grille grise, situé sur les hauteurs de la ville. Je demande au gardien, un petit homme dont les quelques mèches masquent mal le crâne dégarni, où se trouve le bureau du juge Saporito. « Le juge Saporito ? répète l'homme en lissant sa calvitie. Il ne reçoit que sur rendez-vous. Vous avez rendez-vous ?

— Je n'en ai pas besoin, répliqué-je, retrouvant le toupet de mon enfance. Vous n'avez qu'à lui donner mon prénom : Amerigo. »

Le gardien voudrait me chasser mais il craint que je sois quelqu'un d'important. Dans le doute, il compose le numéro du bureau demandé. Il répète mon prénom et attend quelques secondes. Juste le temps nécessaire pour que, à l'autre bout du fil, reviennent à la mémoire de Tommasino mon image et la sienne, tous deux hauts comme trois pommes. « Vous pouvez monter, troisième étage », dit enfin le gardien, un peu étonné.

Je me dirige vers l'ascenseur d'un pas vif, il me suit des yeux depuis sa loge en essayant de deviner à qui il a eu affaire.

Quand Tommasino ouvre la porte, nous lisons le passage du temps dans nos yeux respectifs. Inutile de synchroniser passé et présent, c'est comme si les années écoulées depuis ma fugue en train jusqu'à cet instant précis n'avaient jamais eu lieu, comme si elles n'étaient qu'une parenthèse bien remplie pour tous les deux. Une parenthèse aussi longue qu'une vie, mais secondaire dans l'histoire de notre amitié.

Le bureau de Tommasino est petit et bien rangé. Il me montre les photos de sa femme et de ses deux enfants, un garçon et une fille, deux adultes âgés de presque trente ans : le premier a fait des études de droit avant de se découvrir une passion pour la cuisine et d'ouvrir un restaurant au Vomero, la seconde est enseignante, en congé maternité à l'heure actuelle. Plus que toutes les autres, cette nouvelle me fait chanceler ; elle m'oblige à recalculer la distance que les années ont mise entre lui et moi. La photo de sa petite-fille nouveau-née me fait prendre conscience que le temps s'est lézardé entre nous et que nos vies ne sont plus synchrones.

Je ne décèle que peu de cheveux blancs dans la tignasse de Tommasino, toujours bouclée, coiffée en arrière. Nous avons tous les deux passé la cinquantaine, mais il me semble que j'ai plus mal vieilli que lui, et plus vite.

« Carmine est un enfant qui a beaucoup souffert. Pas comme nous, la situation n'est pas la même. S'il y avait encore ces trains, nos trains… »

Tommasino n'a pas honte de notre histoire et il est fier de cette petite pièce remplie de dossiers. Je regarde mes mains calleuses, il me semble que je suis devenu adulte pour rien.

« Réfléchis-y, Ameri'. Tu es le seul parent qu'il lui reste. »

Je ne dis rien. Je ne veux pas répondre. Je ne sais même pas quelle est la question. Tommasino me dévisage avec la même expression que Carmine quand je suis parti de chez Maddalena, comme si je n'avais pas tenu ma promesse. Sauf que je n'ai jamais fait de promesse à quiconque, j'ai préféré rester seul plutôt que de promettre. Pour fuir son regard, j'étudie son bureau : les livres bien alignés dans les bibliothèques, la table en bois clair, le fauteuil qui a pris la forme de son dos avec le temps. À côté de la photo de ses enfants et de ses parents, donna Armida et don Gioacchino, il y a celle de son papa moustachu, qui a maintenant les cheveux blancs, et de sa femme, toujours corpulente, avec quelques rides en plus. La voilà, la réponse. Je l'ai sous le nez.

48

Ce soir, plutôt que de rentrer à l'hôtel, je vais me promener dans les ruelles de ton quartier, comme pour les saluer une dernière fois. Ces rues qui me paraissaient pesantes, oppressantes, me sont un peu plus familières. Le passé me fait toujours peur, mais je le recherche.

La ruelle est silencieuse, j'ai l'impression d'être seul dans la ville. Avant d'arriver au fond, je m'arrête devant un *basso* d'où filtre la lumière bleutée d'un téléviseur allumé. Les volets sont ouverts. Il y a deux chaises devant la porte. C'est le *basso* de la Jacasse.

Je reste quelques secondes immobile, comme si j'espérais la voir soudain surgir avec son tablier et son grand rire. Une voix masculine m'interpelle : « 'Cherchez quelqu'un ? »

Un vieil homme aux cheveux gris et rares attachés en queue-de-rat qui frôle le col de sa chemise apparaît sur le seuil. « 'Cherchez qui ?

— Personne, personne… Pardonnez-moi pour cette intrusion, bonne soirée. »

L'homme sort de son antre en traînant les pieds, une cigarette à la main. Ses sourcils sont épais et broussailleux, ses yeux d'un bleu intense. Il me regarde et cligne plusieurs fois des paupières. Je recule de quelques pas : c'est le vieil homme de l'église. « La Jacasse n'habitait pas ici ? dis-je.

— Paix à son âme… » L'homme aspire une bouffée et lève les yeux vers le ciel. « 'Nous a quittés y a quatre ans à peu près. » Il compte sur ses doigts et recrache la fumée, soufflant des petits ronds qui s'évanouissent peu à peu. « Juste après la mort de Gorbatchèffe…

— Gorbatchev est toujours vivant !

— Non non, la Jacasse m'a dit que Gorbatchèffe et le communisme étaient morts. Quelques jours après, elle nous a quittés… »

Difficile de savoir s'il se fiche de moi ou pas. Il continue à fumer tout en me racontant : « Je suis veuf et j'habitais avec ma fille mariée, son mari et leurs gosses, deux poupettes et un petit gars. La Jacasse, 'l'avait pas de famille. Quand elle est partie, personne s'est manifesté pour récupérer sa maison. Alors je suis venu m'installer chez elle… Vous êtes un de ses neveux ? demande-t-il, craignant peut-être de perdre son logement.

— Non, ne vous inquiétez pas, je ne suis rien venu réclamer.

— Alors vous êtes journaliste, votre tête me dit quelque chose…

— Non, je joue dans une publicité pour de l'après-rasage. »

Le vieux reste silencieux, à m'observer en clignant des yeux. Il s'allume une autre cigarette et les ronds de fumée se remettent à voltiger dans l'air. Je finis par comprendre : « Vous êtes Forte-Tête ! » Il ne dit rien mais s'écarte pour me laisser le champ libre : « Entrez… » Pendant quelques secondes, ses yeux ne clignent pas et je reconnais son regard d'antan, du même bleu. Je reste planté sur le seuil, un peu indécis, puis passe la tête à l'intérieur et embrasse tout le *basso* d'un regard : le papier peint, jauni mais toujours le même, le sol aux différentes nuances de gris, le carrelage irrégulier et ébréché. La salle de bains identique à celle de chez toi.

« Pourrais-je abuser de votre amabilité et chercher un objet qui m'appartient ? » demandé-je tandis qu'il s'allume une autre cigarette.

Il hausse les épaules, l'air de dire : « Qu'est-ce qu'il peut bien y avoir d'intéressant pour vous, là-dedans ? » Je m'agenouille à côté de la rangée de carreaux qui conduit à la salle de bains. Malgré les années, je m'accroupis avec cette familiarité qu'ont les enfants avec la rue, avec le sol. « Ameri', arrête de traîner par terre », me reprochais-tu.

Je caresse les carreaux poussiéreux du bout des doigts pour en palper les irrégularités. Je me concentre sur l'un d'entre eux qui me paraît plus abîmé que les autres. Je tire, d'abord doucement puis de plus en plus fort, mais il résiste. L'homme m'observe, son tic fait tressauter ses yeux. J'ai l'impression qu'il m'étudie, mais il est peut-être juste inquiet pour son carrelage. Le carreau se détache, je tombe sur les fesses, le carré de céramique en main. Dessous, il y a un trou.

« Comment vous m'connaissez ? » fait le vieil homme.

Les colis de marchandises cachés sous le lit, les chiffons que je te rapportais tous les jours pour que tu les laves, ensuite vendus sur l'étal de Forte-Tête, tout me revient en mémoire. Lui et toi qui vous enfermiez à la maison pour bosser, me chassant dehors.

« Moi aussi, quand j'étais petit, j'ai eu un étal au marché », je réponds.

Il ne dit rien. Je ne sais pas s'il est en colère parce que j'ai cassé son carrelage ou s'il est curieux de savoir ce qui se cache dessous, peut-être le fameux pactole de la Jacasse. Ou alors il reparcourt dans sa tête le même trajet que moi et reconstruit le visage de l'enfant roux sur mon visage de presque vieux.

Je plonge le bras dans le trou et en sors une boîte de fer-blanc aux coins rouillés. Sous la couche de poussière, on distingue encore l'émail bleu clair et le nom de la marque de biscuits. Les biscuits, ce n'est pas moi qui les avais mangés, c'est un charcutier du Pallonetto qui t'avait donné cette boîte. Tu t'en servais pour y ranger ton nécessaire de couture. Puis, un jour, c'est justement Forte-Tête qui t'avait offert une vraie boîte à couture, en bois, avec deux parties qui se dépliaient vers le haut et de nombreux compartiments pour ranger les bobines de différentes couleurs et les aiguilles de différentes tailles. La boîte de bois se déployait sur trois niveaux qui se soulevaient grâce à une charnière métallique. Comme elle était belle ! Elle m'apparaissait comme un astronef tout droit sorti d'une des bandes dessinées de science-fiction que je voyais affichées au kiosque à journaux du Rettifilo. Alors, tu m'as donné la boîte à biscuits. Tu ne m'avais jamais fait de cadeaux et je tenais beaucoup à cette boîte couleur bonbon. Je ne laissais personne y toucher, pas même Tommasino. Je ne l'avais montrée qu'à la Jacasse et nous avions décidé d'y mettre tout ce que je voulais garder, comme dans un coffre-fort. La Jacasse m'avait dit qu'elle avait un endroit secret. Ainsi mes trésors sont restés dans ce trou pendant toutes ces années, et ils y seraient restés plus longtemps encore si Forte-Tête ne m'avait pas invité à entrer. Ils auraient survécu à la Jacasse, et à moi aussi. Comme tout ce qu'on laisse en suspens, qu'on reporte au lendemain sans savoir qu'il n'y aura pas de lendemain. Comme ta sauce pour les pâtes à la *genovese*.

Forte-Tête et moi regardons la boîte, aucun de nous n'est pressé. Le temps s'est dilaté, il est soudain devenu confortable, comme mes chaussures. Je pose la boîte en fer-blanc sur la table en Formica marron puis glisse mes ongles sous le rebord du couvercle, qui saute avec un bruit métallique. Mes trésors réapparaissent l'un après l'autre et, avec eux, ma capacité, intacte, à me souvenir.

La toupie de bois avec sa ficelle et sa pointe métallique…

Ameri', arrête un peu avec ce machin, tu me fatigues !

Les capsules de bière américaine que m'avait données un soldat tout tout noir…

Ouadsiournaïm, liddeul boï ? Ouadsiournaïm ?

Un bout de pain sec que Tommasino et moi avions fauché chez la Royale…

Fous le camp, fieffé chapardeur ! Tu voles même le pain, t'es pire qu'une souris !

Des bouts de ficelle, une coquille de noix avec une voile minuscule fixée au centre, une bougie à demi consumée, une épingle de nourrice, une plume de perroquet. Quatre babioles déjà vieilles et cassées quand je les avais ramassées va savoir où : tous mes jouets.

Et puis un bout de papier journal aux coins jaunis et rongés par l'humidité. Je le déplie délicatement, craignant qu'il ne se déchire entre mes doigts. Une coupure de presse délavée avec la photo d'un inconnu, un homme de grande taille aux cheveux bouclés que j'avais imaginés roux, avec en dessous une légende en lettres capitales : « Giggino' o'mericano », Gigino l'Américain. Je l'avais gardée pour pouvoir m'imaginer un père.

Forte-Tête regarde ces trésors réémerger l'un après l'autre. Puis il s'agenouille, il est si maigre que j'ai peur qu'il se brise. Nous sommes tellement proches que, l'ombre d'un instant, je crois qu'il va me prendre dans ses bras. À son tour, il plonge le bras dans le trou, son oreille touche presque le sol. L'effort lui arrache un gémissement, on dirait qu'il veut s'engouffrer tout entier dans cette cachette pour attraper l'argent de la Jacasse, ses bijoux, ses pierres précieuses, son or. C'est inutile. Tout le trésor était là.

« C'est pas vrai que vous faites la publicité pour de l'après-rasage », déclare-t-il d'un air de défi. Je me relève et, la boîte sous le bras, je le salue et sors. « Passe me voir, de temps en temps, me tutoie-t-il soudain, comme si, d'un coup, il se sentait supérieur à moi. J'en ai, des choses à te raconter », finit-il tandis que je suis déjà dans la ruelle.

Il ferme la porte et je m'arrête. Dans l'ombre, je le distingue qui, se croyant seul, crache des ronds de fumée vers le plafond puis replonge la main dans le trou. Je m'approche de la porte et, sur la boîte aux lettres, je déchiffre l'étiquette blanche où est écrit à l'encre : Luigi Amerio. Dans notre ville, chacun porte son surnom toute sa vie, et même après sa mort, sur les faire-part de décès, autrement les gens ne savent pas de qui il s'agit. Je ne connaissais pas le vrai nom de Forte-Tête. Luigi Amerio.

Dans son prénom et son nom, Forte-Tête porte les prénoms de tes deux premiers enfants : Luigi et Amerigo. Ou peut-être était-ce nous qui le portions, lui, et nous ne le savions pas.

49

« Maddalena m'a dit que ton nom, c'est Speranza, comme moi.

— Mon nom c'est Benvenuti, j'ai été adopté.

— Moi aussi on va m'adopter ? »

Carmine trottine à côté de moi sans arrêter de parler une seconde. Quand j'étais petit, moi aussi je posais plein de questions. J'étais un vif-argent. Non, comment disais-tu, déjà ? Ah, voilà : j'étais une « malédiction » !

« Ma maman, elle dit que quand je marche dans la rue je dois toujours tenir la main à un adulte, déclare-t-il en essayant d'attraper ma main.

— Oui, mais là on est sur un trottoir, il n'y a pas de voitures. »

Il se tait un instant, secoue la tête, dubitatif. Lorsque Maddalena m'a appelé à l'hôtel pour me proposer d'aller faire un tour avec l'enfant parce qu'elle était occupée, j'ai su que c'était un piège. Elle a la tête dure, les choses doivent toujours se passer comme elle le décide. Il n'y a pas de derniers dans son monde, me dis-je, et je me souviens de l'arrivée à Bologne et de ma honte au fur et à mesure que les autres enfants étaient choisis et que je me retrouvais seul, sans personne pour me prendre par la main et m'emmener.

« C'est vrai que quand t'étais petit t'as eu une autre maman ? »

On arrive au passage piétons.

« C'est mon père qui me l'a dit. Mamie elle a pas voulu m'en parler, de cette histoire. » Le feu passe au vert pour les piétons. « T'en as eu, de la veine ! Moi aussi je voudrais une autre maman, des fois. »

Il tend sa main vers la mienne pour traverser, les yeux pleins de larmes.

Je l'attrape, elle est douce et fraîche. Carmine serre ma main, se frotte les yeux avec son bras pour essuyer ses larmes et, ensemble, nous arrivons sur le trottoir d'en face. Il ne lâche pas prise. Je repense à l'odeur de Derna quand, à l'arrêt de l'autocar pour Modène, elle m'avait accueilli dans son manteau. Et j'ai peur. Ma main, qui jusqu'alors, n'a été douée que pour manier l'archet d'un violon, peut aussi consoler et donner de la force. Je ne suis pas sûr de savoir faire usage d'un pouvoir si grand. Ma main, qui tient serrée celle de l'enfant, se sent faible, tout à coup. Elle vient de faire une promesse qu'elle n'est pas en mesure de tenir.

« Il fait trop chaud aujourd'hui pour aller au zoo. Je te ramène chez Maddalena.

— On ira une autre fois ? »

Je pense à mon vol pour Milan, aux concerts programmés, et je ne réponds pas.

« Quand tu reviendras, il y aura une surprise pour toi. »

Nous arrivons devant chez Maddalena et, en repartant seul dans l'autre sens, je continue de sentir la douceur de sa main au creux de la mienne.

50

Au tribunal pour mineurs, le gardien avec sa calvitie me laisse passer tout de suite. Voilà qu'il m'appelle même « docteur ». Dans ta ville, les titres ne sont pas universitaires, ils sont honorifiques. « Entrez donc, docteur, me dit-il. Le juge Saporito vous attend. »

Puis il appelle l'ascenseur.

Tommasino ferme la porte et nous nous asseyons de part et d'autre de son bureau.

« Je suis venu te dire au revoir. »

Tommasino se lisse les cheveux, comme s'il devait encore discipliner les boucles rebelles de ses sept ans. « Bravo ! La dernière fois, tu as filé sans rien me dire. »

On frappe à la porte, le gardien passe la tête dans l'entrebâillement. « Monsieur le juge, désirez-vous un café ? »

Dans notre ville, le café n'est pas une boisson, c'est un acte de dévotion. Tommasino secoue la tête, l'homme disparaît.

« Tu te souviens des rats repeints ? » dis-je, les yeux rivés sur les photographies ornant son bureau.

L'expression grave de Tommasino se détend, il sourit. « Comment j'aurais pu les oublier ?

— Avant notre départ, tout était possible, même faire passer des rats pour des hamsters. Mais au retour je n'y aurais pas cru moi-même, toute la magie s'était cassée. Il n'y avait plus rien ici, rien que ma mère ; là-haut, tout le reste. J'ai préféré le reste et je suis devenu ce que je suis : le maestro Benvenuti. »

Je m'interromps, sans trop savoir comment continuer, puis les mots sortent tout seuls, je ne les maîtrise plus. « Mais je suis resté l'autre, aussi, celui qui porte le même nom de famille que Carmine. »

Je ne sais pas si Tommasino comprend bien, sa vie a été différente, il n'a pas eu à choisir. Aucune photo ne manque sur son bureau.

« Il pourrait venir habiter chez moi, dis-je précipitamment. Je suis le seul parent qui lui reste, comme tu l'as dit. En attendant que la situation s'arrange. En attendant que…

— Je suis content que tu le proposes, mais…

— Je sais, c'est compliqué, j'habite seul, je suis souvent en déplacement, mais je peux faire quelque chose pour lui. J'ai énormément reçu et jamais rien donné. »

Tommasino ouvre la bouche, la referme.

« Pas pour toujours, juste quelques mois, je repars avec lui puis on verra…

— Ameri', ce n'est plus la peine. Sa mère est dehors.

— Quoi ?

— Elle est rentrée chez elle hier.

— Elle a été innocentée ?

— Pas vraiment. Ils l'ont mise en résidence surveillée, parce qu'elle a un enfant mineur. Disons que sa situation s'est un peu améliorée.

— Et Agostino ?

— Rien de plus pour le moment. L'enquête est en cours, on verra. L'accusation est lourde.

— Drogue ? »

Tommasino semble désolé, comme si c'était aussi notre faute à tous les deux.

« Mais leur enfant ? On peut être tranquilles pour lui ?

— C'est sa mère… »

Je suis perdu. La juste chose à faire semble toujours ailleurs. La mère est revenue, c'est une bonne nouvelle, mais je n'arrive pas à m'en réjouir.

« Je veux lui parler. Je veux lui dire qu'elle peut m'appeler, que je peux leur donner un coup de main. Tu as son adresse ? »

Tommasino secoue la tête, déconcerté. Il y a quelques jours encore, je ne voulais pas entendre parler de cette histoire, maintenant c'est tout le contraire. Ma main a fait une promesse et a commencé à former des projets. Comme quand on tombe amoureux.

Tommasino extrait un dossier de la pile sur son bureau et note une adresse et un numéro de téléphone sur un Post-it.

On se salue comme si on devait se revoir le lendemain, comme deux amis. « Attends, dit-il avant que je parte. Je veux te donner quelque chose. » Il fouille dans un tiroir et en tire une feuille pliée en quatre.

« Je l'ai cherché après ton passage. Ça m'a rappelé tellement de choses… »

Je déplie la feuille jaunie et trois visages d'enfants dessinés au crayon apparaissent : la blondinette, le rouquin et le brun bouclé.

« C'est le dessin qu'avait fait ce jeune homme le jour du départ, souris-je.

— Prends-le, je te le donne. Il y a la date et la signature. Le camarade Maurizio, tu t'en souviens ? »

Sans mot dire, je replie la feuille et fixe la pointe de mes chaussures, encore étonné d'être si à l'aise dedans. Par la fenêtre, le vent pousse la cime des arbres en direction de la mer. Le temps est en train de tourner.

51

La petite plaque en laiton se détache sur le bois sombre de la porte : « A. Speranza ». Ce pourrait être moi, ce pourrait être mon appartement, ma vie. Mais c'est l'appartement d'Agostino. Je ne sais pas si sa vie a été pire ou meilleure que la mienne. La bonne et la mauvaise graine, c'est comme ça que tu voyais les choses. Je reste planté là sans frapper, à imaginer un Amerigo qui serait resté dans la ville où il est né pendant toutes ces années. Je le vois traîner dans les rues et les ruelles, pareil et différent. Rendu différent par une vie différente. Plus gros. Avec moins de cheveux. Plus mat de peau. Plus souriant. Avec une femme à ses côtés, une femme aux cheveux noirs et à la poitrine généreuse. Il serait artisan ou ouvrier. Il aurait fait son apprentissage chez le père cordonnier de Mariuccia, comme tu l'avais projeté. Après quoi il aurait ouvert un petit magasin de chaussures qu'il aurait ressemelées et rafistolées, adaptées aux pieds des personnes qui devaient les porter. Parce qu'il aurait su ce que signifiait porter des chaussures qui ne sont pas à soi. Ou bien il les aurait fabriquées lui-même. Le magasin aurait pu ne pas marcher ou bien marcher. Voire très bien marcher. Il aurait exporté ses chaussures. En Amérique. Et il t'y aurait emmenée, en Amérique. Il se serait occupé de toi.

Il y a une sonnette mais je préfère frapper doucement. « Oui ? dit une voix de femme de l'intérieur.

— C'est Amerigo, on ne s'est jamais rencontrés. Je suis venu dire au revoir au petit. »

J'entends un bruit, peut-être une chaise qu'on déplace. La jeune femme appelle son fils, qui est probablement dans une autre pièce en train de regarder la télévision. Puis silence. Je frappe à nouveau. La porte s'entrouvre juste assez pour laisser passer des yeux noisette, une frange blonde et un visage fin. « Pardon, dit ma belle-sœur. Je ne peux pas vous faire entrer, je ne peux faire entrer personne. Agostino m'a parlé de vous.

— On peut se tutoyer.

— Je m'appelle Rosaria. » Elle tend le bras dans l'entrebâillement pour me serrer la main. « Si tu veux, tu peux aller faire un tour avec Carmine, moi je ne peux pas sortir. »

L'enfant se faufile sur le palier et me prend par la main. « Tonton ! » s'exclame-t-il, les yeux pétillants parce que j'ai tenu ma promesse.

« Je te le ramène dans une petite heure, ne t'inquiète pas.

— Je ne m'inquiète pas. » Elle commence à refermer la porte puis se ravise. « Ne t'inquiète pas toi non plus, ajoute-t-elle, le visage tiré, un visage encore jeune, mais marqué par de gros cernes. Agostino est un bon gars, ils se sont trompés. Nous sommes des gens bien.

— Bien sûr, réponds-je, gêné. Je le sais.

— Non, tu ne sais rien du tout. » Je regarde ses mains sur l'encadrement : elle a des ongles courts et des doigts longs et maigres, des doigts de pianiste. « Tu n'en as jamais rien eu à faire, de nous. »

Elle approche son visage du mien pour que l'enfant n'entende pas, et je découvre que ses yeux ne sont pas châtains mais vert foncé.

« Excuse-moi, Rosaria. »

C'est aussi à toi que j'adresse ces excuses, maman.

« Il n'y a pas de quoi s'excuser, répond-elle d'une voix plus claire, comme si elle n'était plus en colère, juste mélancolique. Ce n'est rien. Quand Agostino reviendra, je lui dirai de t'appeler, lui aussi il s'est trompé sur ton compte. » Elle esquisse un petit sourire. « Carmine t'aime bien. »

Elle referme la porte.

« On y va ? » demande l'enfant.

On emprunte les rues arborées de ce quartier résidentiel. J'ai l'impression d'être dans une autre ville. Les visages ont une couleur différente, les traits sont moins marqués, les tons de voix plus bas, l'air plus frais. « Tu as toujours habité ici ? demandé-je.

— Non, quand j'étais petit on habitait chez mamie Antonietta. Mais je m'en souviens pas. C'est ce qu'on m'a raconté. Moi j'ai continué à aller tout le temps chez elle, j'y dormais, je jouais là-bas, je participais aux activités à l'église de don Salvatore…

— Tu allais te balader avec tes copains pour faire des bêtises…

— Ma maman est toujours sur les nerfs.
— La mienne aussi était comme ça.
— C'est pas vrai. Elle, elle était joyeuse. »

L'amour est toujours plein de malentendus, me dis-je. On prend la direction du jardin public. « Tu veux une glace ? » Il secoue la tête. « Tu n'aimes pas ça ?
— J'ai pas le cœur à ça.
— À quoi tu as le cœur ?
— Mamie me manque.
— À moi aussi. »

On marche en silence jusqu'à l'entrée du parc. L'enfant s'arrête et me tire la main. « Tu vas repartir bientôt, pas vrai ?
— Je repars demain. Je reviendrai bientôt.
— Alors faut qu'on y aille maintenant.
— Où ?
— C'est un secret. Une surprise de mamie pour toi. Elle avait dit que quand tu viendrais on te la ferait ensemble. Mais… »

Il fait un sourire triste, et je m'aperçois qu'il lui manque une dent de devant, la petite souris l'a prise.

« Je sais pas si la surprise marche toujours…
— On n'a qu'à essayer », dis-je.

Remontant la colline, nous entrons dans le funiculaire pour descendre dans ton quartier, avec ses maisons basses adossées les unes aux autres, encastrées entre des rues plus élégantes, à quelques pas de la place du théâtre. Dans la ruelle, avec le brouhaha, me reviennent en mémoire les mots d'autrefois, aussi rythmés qu'un chant. « Bonsoir, donna Antonietta ! » « Bien le bonjour, donna Royale ! » « 'Se porte bien, le gosse ? » « 'Pousse comme de la mauvaise herbe... » « Comment va le commerce ? » « 'Comprends pas ce que vous voulez dire. » « Vous avez qu'à demander à Forte-Tête... » « Des racontars, tout ça ! » « Votre mari va revenir ? » « Évidemment ! » « Si vous permettez, donna Antonietta. » « Bonne nuit, donna Royale ! »

Devant chez toi, je prends la main de Carmine et la serre, juste un peu. La porte est toujours ouverte, personne n'a touché à rien. On entre. Je me sens triste dans mon ventre. L'enfant me conduit à côté de ton lit. « Dessous », il dit. Je ne comprends pas. « Ta surprise est dessous. »

Je me penche pour regarder sous le lit où Forte-Tête cachait autrefois ses marchandises. Carmine se pince les lèvres, ému. Je tends le bras et m'en empare.

« Mamie a mis drôlement longtemps, mais elle a fini par le retrouver. Elle disait qu'il devait te revenir. »

J'ouvre l'étui un peu poussiéreux, soulève le couvercle : le violon est encore plus petit que dans mon souvenir, on dirait un jouet. J'ai l'impression qu'on me l'offre une deuxième fois, mais aujourd'hui c'est toi qui me l'offres. Il y a encore la bande cousue dans la doublure, elle est décolorée mais les mots restent lisibles : « Amerigo Speranza ».

« T'as vu ? Toi aussi t'es un Speranza. »

Je caresse les cordes et revois le papier cadeau coloré du violon le jour de mon anniversaire, les leçons de M. Serafini dans l'arrière-boutique d'Alcide, l'émotion d'entendre ces sons discordants devenir de plus en plus doux à force d'exercice, et de sentir mes doigts gagner en habileté.

« Tu es heureux », dit l'enfant. Ce n'est pas une question, c'est une exigence.

52

Je suis venu au cimetière t'apporter une fleur. Pour la première fois depuis bien longtemps, nous nous retrouvons à nouveau seuls tous les deux. Au début, j'ai essayé de prier, puis j'ai compris qu'il était inutile d'improviser. J'ai voulu te parler, j'avais l'impression d'avoir quelque chose d'important à te dire, mais rien ne me venait. J'ai tellement été en colère que j'ai fini par oublier pourquoi.

Le ciel est fixe, ni beau ni laid, il attend le temps qu'il fera. De rares visiteurs viennent saluer leurs morts dans les rangées de pierres tombales. Ils ont apporté des fleurs fraîches et de l'huile pour les lumignons. Moi aussi j'ai posé une fleur sur ta tombe. Pas de lumignon, tu n'aimais pas te reposer lumière allumée. La fleur se fanera demain ou après-demain, peu importe. Ton souvenir demeurera intact : toutes les années que nous avons passées loin l'un de l'autre ont été une longue lettre d'amour, chaque note que j'ai jouée, je l'ai jouée pour toi. Je n'ai rien d'autre à te dire. Je n'ai plus besoin de réponses. Sur mon père, sur Agostino, sur ta distance et nos silences. Je conserve mes doutes, je les porte en moi, ils me tiennent compagnie. Je n'ai rien résolu et ça n'a aucune importance.

Je reste encore un peu devant la fleur. J'attends, debout, jusqu'à ce que mes jambes s'ankylosent. Alors, je te dis adieu. Nous ne nous dirons jamais ce que nous ne nous sommes pas dit, mais pour moi il a suffi de te savoir à l'autre bout de ces kilomètres de voie ferrée, pendant toutes ces années, tes bras croisés sur mon manteau. Pour moi, c'est là que tu es. Tu attends, tu ne pars pas.

53

Le temps s'est refroidi sans crier gare. On est en juin, mais on dirait le mois de novembre. Il a plu, cette nuit. Un orage qui semblait ne jamais devoir finir. Ce matin, un soleil blafard s'est levé, citron fripé dans le ciel gris. La température a chuté, un automne soudain. Les passants dans la rue disent qu'on ne peut jamais être sûr de rien, qu'ils ont dû ressortir leurs manteaux d'hiver.

Piazza Garibaldi, la gare est bondée. Quand je venais y voir partir les trains avec Tommasino, elle me paraissait deux fois plus grande. Je me souviens de la voix qui annonçait les arrivées et les départs, des gens qui soulevaient des valises énormes et passaient la sangle sur leur épaule en se dirigeant vers le quai. Je consulte le grand tableau lumineux et me dirige lentement vers ma voie. La dernière fois que je suis venu ici, il faisait nuit, nous nous étions disputés et j'avais couru pieds nus, tournant le dos aux chants et aux lumières de la fête de Piedigrotta. Depuis j'ai toujours évité les gares, je m'y sentais mal à l'aise. Mais hier, je suis allé échanger mon billet d'avion contre un billet de train. J'ai besoin de refaire le même voyage qu'il y a si longtemps.

Le quai est balayé par un vent froid et les passagers se serrent dans leurs pardessus. Je frissonne dans ma petite veste en lin.

La pluie a commencé à tomber. Je suis arrivé à Naples le visage ruisselant de sueur et j'en repars le visage ruisselant de pluie. Pourtant, je ne me sens pas triste, le soleil et le ciel bleu qui mettent en joie sont une supercherie vendue par les chansons populaires, le crépitement de la pluie qui tombe m'aide à ne pas penser au temps qui passe.

Je regarde l'heure, me retourne une dernière fois. Je fouille du regard la foule qui se serre sous la marquise et soupire. Le train entre en gare avec un sifflement, puis freine. Je monte lentement sur le marchepied, consulte mon billet et cherche ma place. Sans m'asseoir, je garde le regard rivé sur le quai. Une femme blonde qui porte une robe à petites fleurs rouges a sa place en face de la mienne. Je l'aide à ranger sa valise dans le porte-bagages. Alors qu'elle me sourit pour me remercier, je les vois arriver. En courant, les cheveux ébouriffés par le vent, qui a forci. Je tape sur la vitre pour attirer leur attention. Ils passent devant ma voiture et s'arrêtent quelques mètres plus loin. Les portes sont encore ouvertes. Je descends au pas de course. Carmine lâche la main de Maddalena pour s'élancer vers moi. « Le bus était en retard, il y avait des bouchons, m'explique-t-il, tout essoufflé, tandis que je m'accroupis pour le serrer dans mes bras.

— Quand je reviendrai, je veux que tu sois là à m'attendre, d'accord ?

— Oui, tonton. Je viendrai avec papa. »

Le train siffle encore, c'est le départ. Je remonte à bord et gagne la fenêtre, tends le bras, mais sans parvenir à toucher la main de l'enfant. Je lui ai offert mon violon, celui que tu as fait en sorte que je retrouve. Il est exactement à la bonne taille pour lui, on verra s'il a envie d'apprendre. Il pourrait le faire ici, sans avoir à s'échapper, sans avoir à troquer ses désirs contre tout ce qu'il a. Les portes se ferment, le train se met en branle. Maddalena et Carmine rapetissent progressivement tandis que les rails défilent sous le wagon.

La ville recule, d'abord doucement puis un peu plus vite, les minuscules gouttes de pluie s'étirent sur les vitres et coulent de plus en plus rapidement.

Je m'assieds à ma place : dehors, arbres, maisons et nuages se succèdent à toute allure.

La femme en face de moi est en train de lire. Elle lève parfois les yeux de son livre pour me regarder, puis elle indique l'étui posé à côté de ma valise et sourit : « Vous êtes musicien ? Je suis passionnée de musique.

— Je suis violoniste.

— Vous êtes venu pour un concert ?

— Non, pour rendre visite à ma famille. Je vis ailleurs, mais ici c'est ma ville. »

La facilité avec laquelle j'énonce la vérité me déstabilise.

Elle me tend la main, se présente. Je la lui serre, souris à mon tour : « Enchanté, Amerigo. » Puis j'ajoute : « Amerigo Speranza. »

On se sent bien dans ce wagon, le train file en silence, il ne fait ni chaud ni froid, le léger bruissement des voix me berce. J'ai beaucoup de temps devant moi et ne suis pas pressé, j'ai déjà fait le plus long voyage : j'ai dû parcourir toute la route à reculons jusqu'à toi, maman.

De temps en temps, mon regard croise celui de la femme blonde. Je me sens soudain extrêmement fatigué, comme un enfant comblé. Je ferme les yeux, laisse aller ma tête sur le dossier, et le sommeil arrive, doucement.

PAPIER À BASE DE FIBRES CERTIFIÉES

Le Livre de Poche s'engage pour l'environnement en réduisant l'empreinte carbone de ses livres. Celle de cet exemplaire est de :
200 g éq. CO_2
Rendez-vous sur www.livredepoche-durable.fr

Composition réalisée par PCA

Achevé d'imprimer en France par
CPI BRODARD & TAUPIN (72200 La Flèche)
en janvier 2023
N° d'impression : 3051551
Dépôt légal 1re publication : juin 2022
Édition 07 - janvier 2023
LIBRAIRIE GÉNÉRALE FRANÇAISE
21, rue du Montparnasse – 75298 Paris Cedex 06

55/0428/8